GANGAS

Terra Morta
Fuga

Tiago Toy

1ª edição

Editora Draco

São Paulo
2011

TIAGO TOY

O nome real é proibido mencionar, assim como sua idade. Nasceu por engano em uma cidadela no interior de SP. Já atuou, desenhou, dançou e cantou. Em 2009 foi pra capital em busca de seu destino com 50 reais e 30 miojos na mochila. Escreve nas horas vagas. Adora cappuccino e sente saudades de sua gata. Não gosta de barulho nem de pessoas efusivas. Tem certa dificuldade em dialogar conclusivamente...

Publisher: **Erick Santos Cardoso**
Edição: **Eric Novello**
Produção Editorial: **Janaina Chervezan**
Capa: **Ericksama, Tiago Toy (foto)**

Dados Internacionais de Catalogação na Publicação (CIP)
Ana Lúcia Merege 4667/CRB7

T 756

Toy, Tiago,
Terra morta: fuga / Tiago Toy. – São Paulo : Draco, 2011.

ISBN 978-85-62942-32-7

1. Ficção brasileira I. Título.

CDD-869.93

Índices para catálogo sistemático:
1. Ficção : Literatura brasileira 869.93

1ª edição, 2011

EDITORA DRACO
R. José Cerqueira Bastos, 298
Jd. Esther Yolanda - São Paulo - SP
CEP 05373-090
draco@editoradraco.com
www.editoradraco.com
www.facebook.com/editoradraco
twitter: @editoradraco

Sumário

Tiago Toy

Terra Morta

INTRODUÇÃO

Não me lembro de que dia é hoje.

Nas últimas semanas sobreviver se tornou mais usual do que olhar calendários. Os dias ficaram mais longos e cansativos enquanto espero uma salvação, ou pelo menos o fim.

Mas, pensando bem, o fim sempre chega. Cedo ou tarde.

Não acredito que essa história seja contada novamente algum dia, visto que encontrar pessoas se tornou um acontecimento raro. Acho difícil alguém durar do jeito que as coisas estão. E quando digo pessoas, me refiro às de verdade, que respiram e conversam, e não a esses malditos canibais que espreitam a cada esquina, em cada construção abandonada, repleta de moscas atraídas pelo mau cheiro que tomou conta do ar. Esse cheiro de morte.

Me pego pensando se um dia tudo voltará a ser como antes. Se os carros transitarão pelas ruas, poluindo a atmosfera, em cidades habitadas por pessoas egoístas e preocupadas unicamente com suas vidas, enquanto acumulam dinheiro e desilusões. Se as emissoras voltarão ao ar para noticiar desastres. Se... É, acho que o mundo não mudou tanto assim. Os poucos sobreviventes que encontrei ainda são egoístas e pensam unicamente em seus rabos. Agem como animais irracionais, tanto os vivos quanto os "*mortos*" andantes. Aliás, preciso parar de escrever, pois há três deles do lado de fora desse *freezer* onde estou. Procuram por comida – nesse caso, eu. Tenho que sair daqui sem fazer barulho. Se me encontrarem, estou ferrado. E, obviamente, quero impedir isso o máximo que eu puder. No fundo, acho que minhas esperanças nunca morrerão.

Vou desligar a lanterna agora.

Capítulo I

CORRER SEM OLHAR PRA TRÁS

Os filhos da mãe parecem sentir meu cheiro.

Assim que desligo a lanterna, os três vêm até o *freezer* e começam a rodear, arranhando a tampa e grunhindo como bichos, curiosos. Às vezes chego a pensar que posso entender o que "*dizem*". Deve ser triste essa pseudovida à qual foram entregues sem chance de escolha, condenados a vagar por um mundo coberto de carniça. Tão triste quanto a minha se tornou, obrigado a seguir em constante fuga e dormir de olhos abertos para não me tornar um deles. Então me lembro de como são capazes de destroçar mulheres, homens e até crianças com a maior naturalidade do mundo, como se não fossem criados por Deus. Tiro a ideia da mente. Nunca poderia entender a "*língua*" deles.

Sobre Deus: ainda acredito Nele, na medida do possível. Eu O respeito, O temo e rezo pra Ele. Já me deparei com sobreviventes que O culpavam pelo que está acontecendo, por todo esse caos. Será Deus mesmo o culpado? Ou seremos nós, que atraímos esse inferno? Na minha opinião, ninguém é inocente. Eu não sou; você, meu possível leitor, também não é. A inocência foi perdida há muito tempo. E quando se perde a inocência, desista de encontrá-la novamente.

Por sorte o *freezer* está desligado, caso contrário eu já teria virado sorvete. Aliás, energia elétrica é algo que não se vê muito depois que a infestação se espalhou. São raros os lugares ainda abastecidos. Esse, pra minha sorte, não está na lista. Estou aqui dentro há um tempo, cercado pela carne apodrecida que sobrou no estoque. O cheiro é insuportável, mas é minha única opção.

Acendendo novamente a lanterna que começa a falhar, procuro algo que possa me ajudar a fugir, embora ache difícil sair daqui usando carne podre. Um buraco. Não é grande o suficiente para eu passar, mas, quem sabe, para distraí-los. Contorcendo-me, sinto a pele do braço roçar em algo gosmento e contraio os lábios para evitar qualquer som de asco. O cuidado é pouco, pois faço um breve barulho, o que os deixa agitados. Param de arranhar a superfície e começam a esmurrá-la. Será que essas coisas sabem abrir tampas? Bom, não serei eu a ensinar.

Olhando pela passagem de ar, onde outrora devia ser o motor, consigo ver os malditos por um espelho em uma das paredes. Vejo apenas suas costas ensanguentadas, as roupas em trapos. Parecem concentrados demais na tampa para perceber meus movimentos na lateral.

Aproveitando como posso o pouco espaço de manobra, pego um pedaço de carne, passo o braço pela passagem e, num arremesso, jogo-a atrás do balcão. Pelo espelho, vejo os três se virarem num repente e seguirem para onde a carne caiu. Minha chance.

Cauteloso, empurro a tampa para fugir o mais rápido possível. Droga. Esse bando de carniceiros deve ter travado a tampa ao esmurrá-la. Empurro, empurro, e nada. Não acredito. Minha vez de esmurrar. Levanto com dificuldade, atrapalhado com os pés em meio ao aglomerado de carnes, e a forço para cima. Com três fortes pancadas do meu ombro, consigo abri-la e escapar.

Engulo ar fresco num milésimo de segundo. Não há tempo nem para respirar. Como já imaginava, o barulho das pancadas os atraiu. Eles possuem um reflexo fora do normal, e nem hesitam antes de atacar. Só tenho tempo de subir na lateral e me jogar por cima deles, caindo num *landing*[1], rolando e correndo logo em seguida pela porta, fechando-a numa pancada, pelo menos para atrasá-los um pouco.

Nunca pensei que minhas habilidades no *parkour*[2] me ajudariam dessa forma. Quando minha vida ainda era normal, treinava bastante. Adorava escalar árvores, muros, saltar cada vez mais alto. Cheguei até mesmo a publicar alguns vídeos na internet. Puro exibicionismo que virou técnica de sobrevivência.

Correndo rua afora, desvio de carros batidos e do lixo espalhado, enquanto gritos ferozes e passos rápidos se aproximam. Jaboticabal, cidade no interior de São Paulo, está completamente tomada pela morte. Os mais de setenta mil habitantes foram esquecidos pelo resto do mundo. Cada uma das ruas está manchada com pelo menos uma poça de sangue. Não se vê mais pássaros no céu. Os animais fugiram antes de serem devorados. Instinto humano é uma merda.

Mantenho o pique, correndo sem vacilar, me concentrando nas árvores do parque lateral do ginásio. A cada esquina que

---

1 Aterrissagem. Geralmente o movimento é direcionado pra cima, onde os joelhos são trazidos até o peito, o que ajuda a arrumar a postura, preparando a aterrisagem. Os joelhos são dobrados para o impacto ser menor. As mãos à frente estabilizam a postura e preparam o praticante a golpear o chão com pouco impacto. Tão logo os pés fazem o contato com o chão, os joelhos dobram-se profundamente na aterrisagem e as mãos, espalmadas, golpeiam o chão. Todo o choque é removido do salto e dirigido ao solo.

2 Conhecido antigamente no Brasil como *Le Parkour* (abreviação: PK) é uma disciplina física de origem francesa, em que o participante, chamado de *traceur* no masculino, ou *traceuse* no feminino, sobrepõe obstáculos de modo mais rápido e direto possível, utilizando-se de diversas técnicas como saltos, rolamentos e escaladas. Basicamente, é a arte do deslocamento ou superar obstáculos onde, por meio de movimentos eficientes, os praticantes podem ir de um lugar a outro utilizando somente os recursos que seu corpo oferece.

venço, mais gritos se somam aos anteriores. Chego a gargalhar num certo momento, um gargalhar alto, descontrolado, mas não perco o fôlego. Faltando poucos metros até minha meta, respiro fundo, mantenho o foco... E subo utilizando o *wall run*[3], apenas com um impulso do pé direito contra a madeira.

Em um segundo estou em cima da árvore. Grande, antiga, com as raízes grossas e velhas. Galhos mais frágeis se quebram e caem sobre o grupo de canibais que começa a se aglomerar ao redor. Permanecem grunhindo e apontando em minha direção. Alguns tentam se apoiar mais acima, mas a coordenação deles não é muito boa, apesar da velocidade.

No começo isso me assustava, agora faz parte do meu cotidiano. Correr até ficar sem ar, não olhar mais pra trás. Essa é a minha vida. Não que eu esteja acostumado. Ninguém se acostuma com assassinos à espreita, só estou mais conformado.

Recosto-me num galho forte e respiro calmamente sem tirar os olhos dos malditos, enquanto as batidas cardíacas voltam ao normal. Pegando minha mochila, abro o zíper e procuro algo pra comer. Ainda há algumas bananas, bem maduras. Duas estouraram e deixaram o resto numa meleca total. Odeio quando isso acontece. Apenas um dos meus três *squeezes* tem água, pela metade. Bebo o que me resta, aliviando a secura na garganta, mais seca do que a pele dos infelizes que esperam para me devorar. Reviro o interior da bolsa, sabendo que não há mais nada para encontrar. A fome machuca meu estômago. Não como comida de verdade há um bom tempo. O cheiro fétido tomou conta de qualquer resquício de alimento aproveitável. No ginásio talvez possa encontrar algo, pelo menos.

---

3 Passagem de muros ou paredes. É muito útil para se acessar lugares altos onde, somente com um simples impulso, não se alcançaria. Correndo, o praticante apoia o pé contra a parede e lança o corpo pra cima. Quando as mãos alcançam a beirada do obstáculo, o outro pé dá impulso para subir.

Depois de sentir a última gota d'água, raspo a mão por dentro da mochila e pego as bananas amassadas. Não posso desperdiçar. Mastigo devagar, enquanto encontro um meio de chegar a salvo no ginásio.

Os infelizes parecem não se cansar. Seus olhares vazios, sem brilho. Os grunhidos que emitem me fazem sentir pena, admito. Mesmo não querendo, imagino qual deve ser a sensação de ser devorado por essas coisas com seus dentes podres, mas poderosos, enquanto me dilaceram brigando por minha carne.

Como seria me tornar um deles? Vagar por aí com o único propósito de continuar matando. Será que pensam? Sentem dor? Têm sentimentos? Tudo aconteceu tão rápido que ninguém teve tempo de estudar a catástrofe mais a fundo. Não faço ideia de como isso começou. Não pudemos planejar nada, nem salvar ninguém. Era cada um por si. Foi duro ver pessoas que faziam parte de minha vida sendo mastigadas, e algumas se levantando, depois. O dia zero nunca sairá da minha cabeça.

Acima, vejo que os galhos mais altos são grossos, resistentes. A copa da árvore chega a uns bons metros de altura. Alta o suficiente pra machucar bonito alguém que eventualmente venha a cair. Logo em seguida, os galhos se encontram com os da árvore vizinha, e assim sucessivamente. Há umas quatro árvores até a parede lateral do ginásio.

Guardo meu *squeeze* vazio na mochila e a fecho. Hora de concentração. Respiro fundo e começo a escalar com cuidado, devagar, ignorando os grunhidos abaixo de mim. Pressa é algo que não tenho em momentos como esse. Acho que por isso durei tanto.

As luvas de couro protegem minhas mãos enquanto vou subindo. Assim que me firmo nos galhos, analiso cada centímetro. Seguro um mais fino acima e, num pulo, me jogo no tronco adiante, planejando um *precision*[4]. Minhas mãos escorregam, não sei se em umidade ou bosta de passarinho, e quase me junto aos malditos lá embaixo. Por sorte, minha roupa prende e me dá tempo de segurar num galho próximo. Meu coração vem até a garganta e volta para o peito.

Tenho passado por várias situações de risco ultimamente, mas continuo prezando por minha vida, e qualquer sinal de que vou dançar me faz quase ter um ataque cardíaco. Até que morrer assim nos dias de hoje seria uma boa solução, mas prefiro deixar para outro dia.

Continuo a caminhada sobre os galhos e vou afastando as folhas que se prendem em meu cabelo e roupa. Na metade da segunda árvore, escuto um som que há muito não ouvia – o ronco de um motor. No quarteirão de baixo, uma caminhonete surge na esquina, perseguida por um bando de zumbis. Humpf. Zumbis... Até parece mentira.

Não consigo ver quem está na direção. Os vidros estão fechados e bastante sujos, como o restante do veículo. Levando em conta a rua de onde surgiu, deve ter vindo da zona rural. Lembro-me dos meus tios e primos que moravam em um sítio. Como devem ter morrido?

Num relance, vejo a caminhonete sumir na outra esquina. Não posso me arriscar a escorregar novamente, então volto a me concentrar em minha escalada, porém percebo que meus perseguidores foram atraídos pelo barulho da caminhonete e sumiram atrás dela. Procuro em busca de algum surdo que tenha ficado pra trás. Ninguém. É minha chance.

Desço por um dos galhos, sento no tronco e, num impulso, pulo sobre a grama que amortece a queda. Ligeiro, corro até

---

4 Salto de precisão. É um movimento que se inicia em um ponto estático e tem como objetivo chegar ao ponto-alvo realizando um salto para alcançá-lo.

a parede lateral, onde há arbustos ressecados, mas ainda vivos. Dou uma última verificada ao redor e me dirijo até o portão principal. Aberto. Entro sem fazer barulho, mas, antes que possa cantar vitória, vejo um maldito vindo em minha direção. Onde estava o desgraçado? Não grita como os outros, mas corre que é uma beleza.

Procuro uma corrente, algo para fechar o portão. Nem um mísero cadeado por perto. Bom, o negócio é fugir de novo.

Já estou nas escadas quando ouço o portão bater violentamente e o monstro entrar. Chego à parte superior que dá para degraus que se estendem por todo o ginásio. Nem penso duas vezes antes de descer correndo e entrar pelo corredor escuro que leva aos banheiros. Bato a porta e, vendo que não há tranca, vou direto a uma das cabines, subo no vaso sanitário. E espero.

Leva um tempo até a porta ser escancarada, colidindo com a parede azulejada. Depois disso, vem o silêncio.

Mantenho-me imóvel, o suor deslizando pelo meu rosto. Sinto como se estivesse nessa posição há horas, lutando contra a câibra que ataca minha perna. A vontade de sobreviver é maior do que qualquer desconforto. Estranho a ausência dos grunhidos tão característicos, o que aumenta minha tensão. Pelo barulho, ele está abrindo a porta das cabines, uma após a outra. Queria ser um clichê de filme de terror e estar escondido atrás da última, mas não sei em qual delas me escondi.

Ao ouvir a porta da cabine vizinha sendo aberta, sinto o sangue percorrer minhas veias tão descontroladamente que até parece *milk-shake* em um liquidificador. Com as mãos suando sob a luva gasta, engulo seco e me preparo para o ataque. Pelo menos não será tão fácil me pegar, seu filho de uma puta, que Deus a tenha.

Olho pra baixo e vejo a sombra do maldito parado em

frente à cabine. Perco o controle sobre minha respiração e a adrenalina faz meu corpo tremer, desenfreado.

Assim que a porta é aberta, não espero o ataque e a puxo num repente, me jogando sobre o zumbi, que cai no chão úmido do banheiro.

– Para com isso! Enlouqueceu?

– Hã?

Uma garota. Deve ter minha idade, por volta dos vinte e dois anos. Os cabelos escuros presos num rabo-de-cavalo um tanto molhados. Ela veste um uniforme esportivo branco e vermelho, com o número seis impresso no peito. Sua aparência é mais viva do que a de qualquer sobrevivente que já encontrei. Nem parece assustada. Pelo contrário, sinto um dos cantos de sua boca repuxar, num sorriso debochado. Eu devo estar com cara de bobo, pois não entendo bulhufas do que está acontecendo.

– Quem é você? De onde você surgiu? – pergunto ainda em estado de choque.

– Se você puder me deixar respirar e tirar sua perna de cima do meu estômago, eu até te respondo – diz ela, parecendo se divertir com a situação.

Depois de atender ao pedido, encosto a porta do banheiro após uma breve espiada, só por precaução. Observo-a se levantar calmamente, ajeitar a franja por trás da orelha direita e pegar uma barra de ferro que deve ter caído de sua mão quando me joguei como um louco.

– Meu nome é Daniela. E o seu?

– Tiago.

– Muito prazer, Tiago. Não diria que foi um prazer o tombo que acabei de levar, mas enfim... – diz ela, rindo.

Eu não expresso o mínimo esboço de estar achando graça da situação.

– Você é bem sério, né?

– Ultimamente não tenho tido muitos motivos pra dar risada. Exceto quando passo perto de ser devorado vivo. Mas isso não deve ser novidade pra você, que, aliás, ainda não me disse de onde surgiu. E o zumbi que estava atrás de mim?

– Zumbi? Eu estava perto da entrada e o vi correndo atrás de você. Assim que ele passou, arrebentei a cabeça dele com essa barra. Minha espada do He-Man. Então, vim até o banheiro te procurar.

– E por que não me chamou?

– Eu queria te dar um susto.

É. Parece que, de qualquer outro possível sobrevivente, encontrei a mais doida.

– Você tem um senso de humor bem peculiar, hein?

– Ah, eu gosto de...

– Deixa eu te falar uma coisa, garota. Se você não percebeu, a cidade virou um inferno. As pessoas mataram umas às outras. Todos os lugares que a gente passa tem defuntos e sangue. Minha família está morta. Sua família está morta. Temos que viver em constante fuga para não morrermos nas mãos dessas aberrações que vagam por aí. E você, assim que avista alguém fugir desesperado, chega de fininho pra dar... Um **susto**? Você por acaso tem se alimentado de quê? De merda? Eu podia ter te matado.

– Bom, Tiago, eu pareço não ser muito atenta, mas notei que meus amigos morreram nas mãos desses canibais. Não é por isso que minha vontade de viver e meu alto astral vão morrer também. Faça um favor pra si mesmo. Da próxima vez que avistar um bando deles, corra para o abraço. Quem sabe eles não são mais divertidos? A propósito, vá se lavar. Você tá fedendo carniça.

Lição de moral despejada, a fulaninha se vira e sai do banheiro. Eu me mantenho atônito, imóvel. Quem ela pensa que é pra me dizer como eu devo ou não viver depois de tudo que eu passei? A discussão ainda não acabou.

Vejo se nada meu caiu no chão e a sigo. Na saída do corredor, passo sobre o zumbi que me perseguira há pouco. O rosto está distorcido, o crânio arrebentado. Essa doida não teve dó. Percebo porque ele não havia berrado como os outros quando me viu. Sua boca está dilacerada, a língua completamente arrancada.

Deparo-me com a quadra vazia. Há várias manchas de sangue no assoalho e grades e bolsas espalhadas nas arquibancadas. Mais adiante vejo a garota seguir por onde os jogadores costumavam entrar quando vivos. Acabo me atendo às bolsas, mochilas e sacolas espalhadas. Será que encontro algo útil ou minha colega bem-humorada já terá feito a limpa?

No vestiário, a luz é mais forte. Há um amontoado de colchonetes em um canto, pacotes vazios de biscoito e pães de forma, cascas de frutas e garrafas de vidro e plástico, tudo consumido. As portas dos armários estão abertas, exibindo roupas, calçados, produtos de higiene pessoal, toalhas, celulares, notas, moedas. Muita tralha.

– Pode ficar aqui se quiser – diz Daniela, saindo de trás de um deles.

– Assustar as pessoas é um *hobby* seu?

Ela sorri timidamente. Nem tento retribuir. Não a conheço. Com um gesto ela indica um banco azul que está logo atrás de mim e senta em um colchonete. De trás, tira uma garrafa plástica e toma um belo gole d'água. Ela deve ter notado meus olhos brilhantes ao ver a garrafa, pois joga outra que apanho no ar. Enquanto mato a sede, a garota despeja sua história.

Capítulo 2

O ÚLTIMO JOGO

As garotas do time de handebol estavam em círculo. Olhavam-se pelos cantos dos olhos, preocupadas, enquanto o treinador despejava exigências.

– Espero que o vexame do primeiro tempo não se repita no próximo. Não treinei vocês durante tantos meses para perderem a mais importante partida. Espero... Não. Exijo mais atenção, mais foco. Onde vocês estavam com as cabeças? Em alguma novelinha adolescente? Alguma fofoca sobre celebridades?

Ninguém respondeu. Elas continuavam mirando o chão. Realmente haviam sido massacradas pelo time da casa. Não havia desculpa. Foram as melhores durante toda a temporada. Venceram os melhores times e estavam, agora, na final.

– Quero suas cabeças naquele jogo. Hoje será a noite definitiva. Vocês têm trinta minutos para reverter o placar e ganhar aquele troféu. Não me façam sair daqui como o treinador das perdedoras. Muita gente vai pagar se isso acontecer, ouviram? Vocês, principalmente. Alguma observação?

Nenhuma palavra. O treinador se voltou a uma delas.

– Goleira?

Daniela continuava encarando. Nunca baixava a cabeça pra ninguém.

– Nada de sair do gol novamente, ouviu? O resto do time está aqui pra fazer exatamente o que você fez. O único gol. Todas ouviram? – Rhobson cuspia enquanto esbravejava. – Além de defender os gols, a Daniela precisa fazê-los também?

– Eu dou conta – a garota ajeitou a franja por trás da orelha, a postura firme.

– O problema não é você dar conta ou não – ele interrompeu, menos alterado. – Eu sei do que você é capaz, minha querida. O ponto é que estamos lidando com um time. Em times, cada um tem sua função. A *sua* é ficar no gol e defender. Se você não tivesse se aventurado em campo no primeiro tempo não teríamos sido bombardeados. Portanto, permaneça no gol.

Dando as costas ao círculo de jogadoras cabisbaixas, Rhobson se dirigiu ao corredor.

– Não é hora de serem detonadas – pegando o apito pendurado em sua corrente no pescoço, continuou. – É hora de detonar. Ou eu detono vocês.

Ao sinal do treinador, elas se entreolharam. Daniela cochichou.

– Não liguem pra ele, meninas. Vamos fazer o que fazemos de melhor – seu sorriso contagiante animou algumas das companheiras.

No caminho até a quadra, foi explicando o que nem o treinador percebera. Havia no time adversário duas jogadoras que não se destacavam, mas eram responsáveis pelos passes que levavam ao gol.

Daniela costumava perceber os detalhes mais sutis e sempre ajudava a equipe. Era o elo que as mantinha sãs após os acessos de Rhobson. Nem ele conseguia esculachar com Daniela. Ela possuía algo que acalmava as pessoas.

Aquela noite, porém, todo seu carisma seria pouco para o que viria.

Luzes em potência máxima explodiam dos holofotes ao redor da quadra. Gritos de alegria fugiam das arquibancadas lotadas. Tanta agitação não acalmava em nada as garotas. Afinal, elas eram de Araraquara, as visitantes. A torcida era para a casa. Jaboticabal.

Daniela estava posicionada no gol, concentrada em todos os movimentos, parceiros e adversários. Não perdia um lance. Tomara cinco gols devido às tentativas de fazer gols. Não podia repetir o deslize, embora fosse ligeiramente difícil se concentrar cem por cento. Mas precisava.

O sinal indicou o início do segundo tempo.

Sentia uma coceira para sair de sua posição. Primeiro porque a bola não chegou até ela nos primeiros cinco minutos. Segundo, porque percebera que essa era exatamente a estratégia do time jaboticabalense. Enrolar ao máximo e permanecer em vantagem. Olhando de soslaio, notou que Rhobson se dera conta da armadilha. Seu rosto estava vermelho, contorcido em berros.

Com a visão acostumada à luz forte, Daniela arriscou uma rápida espiadela à multidão. Estavam aglomerados em todas as partes, exceto uma. Um círculo se formara próximo à entrada principal, onde pessoas se afastavam. Parecia uma briga.

Daniela tentou se concentrar no jogo, mas não conseguiu. Algo espirrara na camisa branca de um rapaz na arquibancada. Sangue. Muito sangue.

As pessoas começaram a se afastar mais, porém, devido à falta de espaço, caíram umas sobre as outras. O jogo não podia parar por uma briga entre caipiras, mas era algo mais sério.

De repente, a pancada. Em seguida, escuridão.

Vozes ao longe.

– Dani. Levanta. Rápido!

Mãos pegavam seus braços e a erguiam. Arriscou abrir os olhos, mas o lado direito do rosto doía muito. A visão embaçada mostrava vultos correndo. Não era correria de jogo. Era outra coisa.

Gritos.

– Ele tá me mordendo!

– Socorro!

– Sangue!

– O que tá acontecendo, Tânia? – Dani lutava contra a sensação de que desmaiaria. A pancada fora violenta.

Tânia, a atacante do time, carregava Daniela em direção ao corredor que levava aos vestiários.

– Tânia. Quem me acertou?

Daniela não sabia que estava apenas sussurrando as palavras. Sua parceira sequer percebia que ela estava falando. Tudo parecia tão distante. A luz foi substituída por sombras. A gritaria ecoava atrás. A respiração pesava cada vez mais.

Assim que a luz invadiu novamente, Daniela ouviu um grito estranho se aproximando. Parecia um animal. Ou algo pior.

– O que...?

Sem tempo de terminar a pergunta, Daniela foi jogada sobre um amontoado de bolsas. A fraqueza e a dor persistiam, amortecendo seus sentidos. Antes que pudesse se virar, vários colchonetes foram arremessados sobre seu corpo mole.

Em seguida, os gritos de medo de Tânia misturaram-se a berros bestiais.

Enfim, a goleira cedeu à inconsciência.

A escuridão macia e abafada veio primeiro. Daniela abriu devagar os olhos e afastou os colchonetes que a cobriam. A vista doeu ao primeiro contato com a luz do sol que irrompia pelas estreitas janelas no alto. Acostumando-se, olhou ao redor. Assim que viu os olhos arregalados de Tânia, a garota levantou num pulo. O ar lhe faltava.

– Tânia! – foi tudo o que conseguiu dizer.

Sua amiga estava caída próximo aos armários, sentada. A cabeça pendia sobre o ombro, o pescoço havia sido completamente dilacerado. A poça de sangue ao redor lembrava uma mortalha escurecida, opaca. Partes de seu braço haviam sido arrancadas também, deixando vários músculos à mostra. Que animal havia feito aquela barbaridade?

Daniela não acreditava no que via. No susto, atrapalhou-se nas bolsas sobre a qual acordara e caiu novamente. Antes que começasse a chorar por estar vivenciando um pesadelo tão real e horrível, ouviu um som vindo do corredor.

O medo impedia que a voz escapasse da garganta seca. Agarrou automaticamente uma mochila e a abraçou, sufocando a respiração pesada. Os membros estavam paralisados. Um novo barulho a fez tremer. Parecia um grunhido. Não de um animal, mas de... Uma pessoa.

Daniela não deixou o medo colocá-la em um apuro maior e respirou fundo. Cautelosamente se levantou e foi para trás dos armários. No mesmo instante, percebeu que não estava sozinha no vestiário. Havia uma respiração pesada ali, um grunhido baixo, arrastado. Depois, passos lentos.

A garota permaneceu imóvel enquanto tentava adivinhar o trajeto do visitante desconhecido. Os passos pararam e, em seguida, o grunhido aumentou, transformou-se em um rosnado. Daniela precisou reunir toda sua coragem para não correr aos gritos. Por uma brecha entre a junção dos armários, pôde ver parte do que acontecia. Alguém estava encarando o corpo de sua amiga. Parecia um animal estranhando outro. Por uma fração de segundo teve a impressão de ver sangue escorrendo da boca do estranho, quando o olhar mudou de Tânia para si. Ele percebera o movimento da garota. Deduzindo para qual lado o intruso avançaria, Daniela correu para o extremo oposto, e deu sorte de ser a saída.

Seguindo a luz no fim do corredor, ela se concentrou para não tropeçar nos próprios pés. Os berros que vinham atrás a incentivavam a correr mais. Sentia-se uma presa perseguida pelo predador. Precisava sair imediatamente dali e encontrar o restante da equipe.

Chegando à quadra, a cena que viu não deixaria sua cabeça nunca mais. O piso, antes cor de mostarda, estava tingido de vermelho. Por todo canto havia pedaços de coisas que Daniela logo percebeu do que se tratavam, mas não queria acreditar. Partes de corpos, tanto de fora como de dentro. Dedos, nacos de carne, vísceras. Era um pesadelo. Nas arquibancadas, corpos permaneciam inertes, alguns em posições de contorcionistas. Nada em comparação com a multidão da noite anterior, mas eram muitos. Era possível ver pelos mais próximos que estavam com as gargantas dilaceradas. Que diabo havia acontecido ali?

Sem esquecer do perseguidor no vestiário, Daniela ateve-se ao caos por um breve momento, o suficiente para registrar a imagem, e continuou a corrida após pegar uma barra de ferro caída. Passando por cima da grade em um pulo, atravessou a quadra sem se importar com os restos mortais em que pisava. Quase no meio, escorregou em uma poça de sangue, mas recuperou o equilíbrio e continuou. Subiu a escadaria íngreme entre as arquibancadas e se viu onde flagrara o início do tumulto.

Sem olhar para trás, desceu a estreita escadaria que levava ao saguão e chegou à saída. Ninguém. Nenhuma alma viva. A rua estava deserta e tudo estava um caos, com os objetos mais variados espalhados. O carrinho de pipoca na entrada, rodeado de crianças há algumas horas, estava tombado sobre um canteiro de flores em frente ao portão. Havia sangue na vidraça por onde vários pequenos olhos assistiram felizes às pipocas estourarem na noite passada. O pipoqueiro havia sumido, mas inúmeros corpos estavam estirados pela rua. Daniela não conseguia imaginar o que podia ter acontecido. Um atentado terrorista, talvez. Mas no interior de São Paulo? Não fazia sentido. Se algum tipo de guerra estourasse no Brasil, começaria na capital, em qualquer outro lugar, como o Rio de Janeiro, ou em um estado mais ao norte. Não ali.

Avistou o ônibus de seu time estacionado, sinal de que suas companheiras não haviam partido. Então, onde estavam? Lembrou que havia deixado o celular no vestiário antes do jogo. Mesmo com aquela coisa lá, precisava voltar. Não podia se aventurar na cidade, pois não a conhecia. Se perderia assim que virasse a esquina.

Daniela estava tão absorta no caos que se abatera que não percebeu a aproximação a tempo. Virando-se ao ouvir o rosnado, foi atacada. Por sorte, teve tempo de erguer a barra e segurá-la contra o pescoço do homem que a prensou na grade do portão.

Era alto e corpulento. A falta de uma camisa deixava à mostra a banha suada e suja. As mãos agarravam os cabelos da garota enquanto os dentes amarelados batiam sedentos por uma mordida. Enquanto Daniela lutava para mantê-lo afastado, ele rosnava e berrava, a saliva vazando como espuma de sua boca. Parecia loucura, mas ele estava mesmo querendo mordê-la?

Daniela era resistente, mas a força do homem era maior. Não aguentaria por muito mais tempo. Pensou em gritar por socorro, mas a ideia que a amedrontava e estava tentando não pensar veio à tona. Não sobrara ninguém.

Com um chute no joelho e um empurrão com a barra, ela o afastou. Assim que ele investiu de novo, ela acertou sua boca com um golpe. Mesmo que tenha sentido dor, não demonstrou, pois continuou a investida. Antes que fosse pega outra vez, desviou e seguiu pela escadaria aos tropeços, voltando às arquibancadas. O bicho era gordo, mas rápido. Deus! Daniela mal se virou e o homem já estava subindo aos berros. Estava cego de fúria. Não havia explicação. Parecia possuído. Daniela percebeu que não havia tempo para descobrir o que estava acontecendo, muito menos tentar conversar, então se preparou e, antes que ele pudesse alcançá-la, girou o corpo e o derrubou com um golpe certeiro em seu rosto. Rolando escadaria abaixo, o estranho bateu violentamente a cabeça no piso do saguão e ali permaneceu. Mexia-se com dificuldade, talvez pelo peso. Daniela olhou ao redor e pensou em correr direto para o vestiário, mas ele a encurralaria. Não havia saída por lá. Precisava enfrentá-lo de uma vez.

Segurando a barra com firmeza, desceu rapidamente antes que ele reagisse e, sem pensar duas vezes, desceu o ferro em sua cabeça. O homem não tentava defender o rosto, pelo contrário, berrava e esticava os braços em direção à garota, tentando agarrar suas pernas. Daniela gritou sem controle ao arrebentar seu crânio. As lágrimas desceram junto com os golpes.

Quando percebeu que ele não se mexia mais, parou. A respiração ofegante enchia o saguão. Nada mais se ouvia. O sangue manchara toda sua perna e tênis. Daniela não se incomodou. Queria apenas se certificar de que o maldito não levantaria nunca mais. Sentindo a respiração normalizar, Daniela olhou e viu o que fizera. A cabeça do homem não existia mais. Em seu lugar havia uma massa disforme de carne e ossos. As lágrimas morreram no mesmo instante. Então, voltou ao vestiário.

No caminho, tentava justificar o que acabara de fazer. "*Ele estava fora de si. Ele queria me matar. Estava louco. Era um assassino. Matou todos aqui. Preciso ver se minhas amigas estão bem ou se ele as machucou.*"

No vestiário, se dirigiu aos armários e abriu a gaveta onde deixara seu celular. Trancou a porta e, apoiada contra ela, discou. Evitava olhar sua amiga morta adiante. Não queria voltar a chorar. Não podia se descontrolar. Precisava sair dessa cidade maldita, conseguir ajuda. "*Como aquele assassino atacou tanta gente? É uma quadrilha?*"

O telefone chamou várias vezes até cair. Daniela tentou inúmeras vezes, as mãos tremendo. Ninguém em sua casa atendia. A vontade de praguejar era tremenda, mas não queria arriscar ser ouvida por outro integrante louco da quadrilha. Daniela não conseguia mais raciocinar. "*Bandidos não tentam te morder, pelo amor de Deus!*" Discou outro número e esperou aflita. Quase desmoronou quando ouviu a voz do outro lado da linha.

– Alô?

– Michele, você tem que me ajudar! – Daniela vomitava as palavras.

– Dani? – a voz era urgente. – Onde você tá?

– Em Jaboticabal. Nós viemos jogar, mas aconteceu uma coisa horrível. Um homem...

– Dani – a amiga a interrompeu. – Onde você tá? Na rua ou em algum lugar?

– No vestiário do ginásio. Por quê?

– Não sai daí... Não vá... rua. Fique trancada... Não deixe ninguém te mor...

A ligação estava péssima. Além de falhar, a voz saia em um tom metalizado, dificultando a compreensão das poucas palavras que saiam inteiras.

– Michele! Alô?

– Você me ouviu? Não saia daí.

– O que você tá falando, Mi? Você precisa avisar a polícia. Dizer que uma quadrilha tomou a cidade. Alguém precisa me buscar!

– Dani, não é nenhuma... Não saia... Fique... Não dei... Senão você vira um de...

Daniela não conseguiu assimilar as palavras. A ligação ficou muda.

– Michele? Michele!

A bateria acabara. Vasculhou o armário, mas não encontrou o carregador. Jogou tudo contra as paredes. A raiva e medo a cegaram. "*Merda! Merda! Merda!*" O choro veio descontrolado. Lágrimas e soluços se misturaram em meio ao ataque.

Encostando a testa contra o metal frio, Daniela puxava os cabelos e reprimia o grito. Por mais nervosa que estivesse, não queria atrair outro louco.

Respirou fundo e ergueu a cabeça. Enxugando as lágrimas e o nariz, passou a mão pelos cabelos e se lembrou de que, antes do jogo, fora com algumas das amigas na sorveteria da esquina no quarteirão de baixo e, na volta, deixara a bolsa no ônibus. O carregador estava nela. O medo travava suas pernas, impedindo-a de dar um passo em direção à rua. Mas era preciso. Não poderia ficar naquele banheiro o resto da vida. Teria que enfrentar o que quer que estivesse acontecendo. Em um minuto que pareceu uma vida, girou a maçaneta e o estalo da porta se abrindo ecoou pelo corredor.

O caminho até o ônibus levou mais tempo do que pensara ser possível. Antes de dar qualquer passo, Daniela se movimentava praticamente em câmera lenta. O corpo do homem continuava no mesmo lugar. No momento em que se abaixou para pegar a barra de ferro de volta, bateu os olhos na massa que se transformara sua cabeça. Daniela não conseguiu controlar o tremor repentino. Devagar, continuou e saiu.

Na lateral do veículo, passou a mão por uma pequena abertura e acionou um botão, ouvindo quase que de imediato a porta abrir. Deu a volta e entrou. Havia um rastro de sangue da entrada até o meio do corredor. Com passos curtos, se dirigiu até onde deixara sua bolsa e, rapidamente, pegou o carregador. Preparada para dar meia-volta, uma sensação estranha a fez parar. Virando-se num ímpeto, percebeu alguém a observando pela fresta da porta do banheiro.

– Quem tá aí? – perguntou com a voz trêmula.

Lentamente a porta foi aberta por dedos cobertos de sujeira. Daniela ergueu a barra, mas cedeu. Era uma das garotas do time, Marília. O uniforme estava rasgado, expondo parte do sutiã e uma ferida no seio direito. Marília gostava de usar lápis nos olhos, e a maquiagem borrada a deixava parecida com um guaxinim maltratado. Dos lábios entreabertos não escapava o mínimo som.

– Mari, graças a Deus! – Daniela correu até a amiga. – O que aconteceu aqui?

A garota sentada no vaso sanitário estava em choque. A mão esquerda balançava no ar em movimentos indecisos enquanto a outra pressionava o seio machucado. O olhar estava fixo no nada. Daniela tentou novamente.

– Marília, onde estão as meninas e o Rhobson? O que aconteceu ontem? Quem fez isso com a gente?

Muda. Daniela deduziu que o gordo a tivesse atacado também. Precisava voltar ao vestiário e pedir ajuda. Pegando o braço suspenso, ajudou a garota a se levantar e a posicionou no corredor. Com as mãos em seus ombros, conduziu-a até a saída. Tentava em vão fazê-la falar qualquer coisa que explicasse o ocorrido. Marília tinha dificuldade até mesmo para caminhar.

Próximas à saída, Daniela viu alguém se aproximando. O treinador.

– Rhobson! – chamou.

O homem olhou curioso através da vidraça e correu. Daniela sorriu de alívio, mas a sensação durou apenas até ele se jogar sobre as garotas e atacar Marília com uma violenta mordida no rosto. Os três caíram no estreito corredor, e Daniela o viu erguer a cabeça e cuspir o nariz da amiga, berrando e a golpeando com um soco certeiro.

– Rhobson, você tá louco?

O treinador, agora cego por uma fúria inexplicável, encarou Daniela, caída sob a amiga que se debatia de dor. Gritando novamente, avançou. Daniela foi mais rápida e o acertou com um chute na boca. Em seguida, se arrastou pelo corredor e alcançou a barra. Conseguiu levantar apressada e virar no instante em que seria atacada novamente, derrubando Rhobson sobre Marília. A garota espasmava no chão.

– Marília!

Daniela chamou seu nome, se sentindo culpada pela manobra. Ela tremia e babava sangue, num gemido de dor indescritível. O maníaco se levantou com rapidez e passou por cima dela. Daniela concluiu que a amiga já não podia mais contar com sua ajuda e deu meia volta, indo até o banheiro. No momento em que trancou a porta, sentiu a investida de Rhobson. Ele esmurrava e berrava como um animal. "*O que há de errado com esse filho da mãe?*" A tranca não era própria para aguentar pancadas tão violentas, e Daniela percebeu que logo seria esmagada pela porta. Com a barra, golpeou a vidraça e alargou pouco mais a minúscula janela. Sua única saída.

Com muita dificuldade, passou uma perna e depois a outra. Usava um braço para apoiar a mão na borda do vaso e a outra segurando um vão no teto, entalada pela cintura.

Assistindo a fechadura se desprender, murchou a barriga e se sentiu deslizar um pouco. Pegando a barra sobre a pia, ela a pressionou contra a porta, mas seu gesto foi inútil. O treinador entrou ensandecido e a atacou sem pensar. Por reflexo, Daniela tentou golpear a barra em sua cabeça, mas a posição machucava sua barriga e atrapalhava a movimentação. Forçando a perna pra fora, ignorou a dor e, num impulso, passou pela janela. A queda machucou suas costas, mas não foi o suficiente para impedi-la de sair em busca de um lugar seguro. Levantou desajeitada e correu, olhando pra trás e vendo Rhobson com a cabeça para fora, gritando de raiva.

Já dentro do saguão, ela bateu o portão e tentou puxar o trinco. Emperrado. Era só o que faltava! Preparada para voltar a correr, viu Marília de pé por uma das janelas. Muito sangue escorria de onde devia estar seu nariz, agora dilacerado. Pensou em chamá-la, mas havia algo de muito errado ali. Mantendo-se oculta por uma viga, observou. A amiga saiu às pressas do veículo e analisou ao redor. Parecia estar procurando algo ou alguém. Grunhindo, começou a vagar, passos perdidos, não demonstrando o mínimo de dor. Estava caçando.

Daniela podia estar assustada, mas o medo não a deixava menos inteligente. Percebeu no mesmo instante o que acontecera. De alguma maneira, o treinador a transformara no que quer que ele mesmo houvesse se transformado através da mordida. A amiga parecia sem rumo e o treinador continuava na janela, menos agitado. Também tinha um jeito perdido. Diante de Daniela, sabia exatamente o que fazer. Matar. Agora que estavam sozinhos, agiam como desorientados. Evitando ser vista, Daniela foi em silêncio até a escada e voltou ao vestiário.

Com alguns bancos de madeira, improvisou uma barricada na entrada do corredor. Poderia não ser eficiente o bastante, mas acusaria qualquer ataque iminente.

Conectando o carregador na tomada e, em seguida, no celular, o ligou novamente e discou o número de Michele. Estava desligado. Tentou ligar para sua casa, mas também não atendiam. Discou 190. Nada. Sentada sobre os colchonetes, fitou os olhos de Tânia e desabou em um choro solitário.

Capítulo 3

Eles estão por toda parte

Em alguns momentos, vi o medo em seu rosto e entendi sua solidão. É a primeira vez que conta sua história presa na garganta. Seus olhos brilham ao falar da amiga. Bebo mais um gole da preciosa água, começando a simpatizar com a menina, como se uma ponte surgisse de nossa desgraça. Logo ela sorri novamente.

– Não me pergunte há quanto tempo estou aqui porque não sei ao certo. Duas semanas, talvez.

– E como você tem se mantido? – pergunto sem entender como ela consegue preservar o bom humor e o sorriso enigmático.

– Tenho me alimentado da comida que meu time trouxe, do que achei nas arquibancadas e nos carrinhos de lanche na frente do Ginásio. Está no fim, mas água tem de sobra.

– Você não quis procurar um abrigo melhor?

– Lembra que não sou daqui? Eu acabaria me perdendo. Até tentei andar pelos quarteirões mais próximos, mas desisti.

– Ficar nesse lugar pra sempre não dá. Uma hora a comida acaba. Olhe esses pacotes vazios.

– E o que *você* tem feito pra sobreviver? – pergunta, com tom sarcástico.

– Isso não é importante agora. O importante é pegar o que for de ajuda e ir para longe.

– E quem disse que eu vou com você?

– Ninguém. Eu disse que *eu* vou pegar o que for de ajuda e *eu* vou pra longe. Você faz o que bem entender.

Falando isso, saio do vestiário e vou até a arquibancada revirar as bolsas. Daniela vem atrás de mim e me observa com atenção.

– O que está procurando?

– Algo que tenha alguma utilidade.

– Hum... Olha o que encontrei – diz ela, abaixando e pegando algo no chão. – Um prego. Ele é útil para pregar coisas.

Olho com cara de poucos amigos enquanto ela ri da própria piada.

– Eu ainda te farei rir – aposta.

– Acho meio improvável, já que você não vai comigo.

– E quem disse que não?

Revirando os olhos, passo a vasculhar em meio às manchas secas e vestígios da recente carnificina. Minhas teorias pessimistas se confirmam e não encontro nada de útil na vistoria. A arma mais letal que consigo encontrar é uma lixa de unha partida ao meio. Talvez eu possa lixar algum deles até a morte.

É. Não teve graça.

Resolvo passar a noite no Ginásio, pois escureceu sem que eu percebesse.

Daniela usa alguns bancos levantados para fechar a passagem. Ela me empresta dois colchonetes onde posso descansar com mais conforto, o que não faço há um bom tempo.

– Tome.

Preparado para virar e tentar dormir, Daniela me surpreende com um pedaço de pão. Minha atitude normal seria recusar e não me envolver demais com uma desconhecida, mas o ronco em meu estômago é mais alto do que o orgulho.

– Ele tá meio duro, mas você pode usar a água.

– Eu sei.

Seria cômico se não fosse trágico. Eu, molhando um pedaço de pão duro com água, sentado em um colchonete empoeirado dentro de um banheiro com um cheiro nada convidativo, conversando com uma completa estranha. Onde terei perdido meu verdadeiro eu?

– Gostoso? – ela pergunta, fazendo careta.

– Já tive melhores – suspiro. Realmente já comi muito melhor, mas há um bom tempo. Pelo que me lembro, o melhor que tive nos últimos dias foram os restos da banana em minha mochila.

– Você veio sozinho até aqui? Quero dizer, e sua família?

A lembrança machuca por dentro, formando um nó em minha garganta. Minha família.

– Estou por minha conta até onde sei.

O respeito vem em forma de silêncio. Mastigo devagar o pão molhado, mantendo a postura firme. Nada de dramalhões.

– Quando começou, onde você estava?

– Saindo do trabalho.

– O que você acha?

– De...? – pergunto entredentes. Não sou muito paciente com conversas.

– Disso – e aponta em direção à estreita janela aberta no alto. A noite já está quente o bastante para ficarmos lacrados neste cubículo. Desde que as luzes permaneçam apagadas não há problema, ainda que não sinta o mínimo vestígio de uma brisa. – Desses loucos vagando lá fora, querendo nos matar. Surgiu de algum lugar, por algum motivo.

– Ah! – bebo mais um gole d'água. Já repassei esta mesma

conversa em minha cabeça várias vezes e nunca cheguei a conclusão nenhuma. – Não faço ideia.

– Não tem curiosidade? – ela pergunta visivelmente pasma diante de meu desinteresse.

– O que adiantaria saber de onde veio? Ajudaria se soubéssemos como acabar com isso, concorda?

– A causa poderia nos ajudar.

– Ajudar?

– A combater essa... Doença.

– Garota, eu não sou nenhum combatente. Estou apenas tentando permanecer vivo, ok? Minha responsabilidade é comigo mesmo.

– Você realmente tem *muito* que aprender.

Daniela parece se cansar de argumentar e se ajeita nos colchonetes, prendendo os cabelos em um rabo de cavalo.

– Se importa? – pergunta ela, se preparando para tirar a blusa.

– À vontade – e recosto a cabeça no azulejo, olhando para o alto. Consigo ver o véu negro da noite pela pequena passagem. O calor é tanto que não me espantaria se o Sol despontasse sobre a Lua neste momento.

Sinto o momento chegando mais uma vez. A sensação de solidão, de abandono. A mesma que sempre me abate, geralmente às noites. Não tive tempo nem de me despedir de meus pais. Não tive tempo para sequer pensar em uma explicação lógica para toda essa porcaria. Não é como se eu esperasse um caminhão anunciando por alto-falantes "*Extra! Extra! A cidade será atacada por zumbis!*" enquanto distribuísse panfletos manchados de sangue com os canibais sorridentes, mas poxa! Aconteceu tão rápido e ninguém deu a mínima. Não vi em nenhum momento ser anunciado na TV ou no rádio, pelo menos no pouco tempo em que ainda funcionavam. É uma sensação de completo abandono.

Como ter sido deixado para trás. Jogados às traças em uma terra de ninguém. À mercê do próprio azar.

– Gosta?

A voz de Daniela me tira do transe. Se o devaneio não fosse tão intenso poderia jurar que estava dormindo sentado.

A garota está deitada sem blusa, apenas de sutiã. O corpo, embora magro devido à dieta forçada, mantém as curvas bem delineadas por músculos trabalhados. O esporte deve ter ajudado. O sorriso sapeca diz algo mais.

– Já vi melhores.

Não espero sua resposta, se educada ou não, e deito desconfortável. É difícil pregar os olhos em um lugar novo. Os bancos lá fora podem retardá-los, mas não impedirão que eles entrem. Como eu disse, minha responsabilidade é sobreviver.

– Você acha que eles pensam?

Por Deus! Ela não vai parar de falar?

– O que foi agora?

– Você acha que eles sabem o que fazem? Quer dizer, eu notei que eles nos atacam assim que nos veem, mas será que sabem que estão nos atacando?

– Há mais perguntas do que respostas. Não sei se eles pensam. Não sei se eles estão vivos. Não sei se um dia voltarão a ser como antes. Não sei de nada. Só sei que preciso descansar pra acordar cedo amanhã.

– Qual o seu plano assim que sair daqui?

– Ir à loja de pesca.

– Quer pescar? – um riso baixo.

– Lá é o lugar mais provável de encontrar armas. Vou precisar delas pra sair da cidade.

– E a delegacia? Não é mais fácil encontrar armas lá?

Por um minuto inteiro não consigo responder. A delegacia. O lugar mais óbvio para se estar seguro, para conseguir ajuda, encontrar armas. O lugar onde tive aquela experiência horrível.

– Já estive lá.

– Entendo – por sorte, ou por perceber que há um motivo por baixo do silêncio, ela não prolonga o tópico. – Quanto a essa loja de pesca... Não acha que já pode ter sido saqueada?

– Não. As pessoas daqui são burras. Complicadas. Não são práticas. Os poucos mais espertos com certeza fugiram, ou tentaram fugir. Além do mais, não são muitos os que têm conhecimento em manuseio de armas de fogo. Posso ver essa gente se defendendo com vassouras ou baldes. Patéticos. Com sorte encontrarei o suficiente para sair desta cidade maldita.

– E pra onde vamos?

– Vamos?

– Você vai mesmo me deixar aqui sozinha? – a cara de tristeza fingida que ela faz me irrita.

– Digamos que seria melhor pra você. Já encontrei alguns sobreviventes. Me vê com algum deles agora?

– Você não encontrou a mim antes, Tiago. Aceite ou não, eu me virei muito bem até agora. Não sou burra como os outros. Não tô pedindo um herói pessoal, caramba, apenas um guia. Se eu ao menos conhecesse a cidade, pode apostar que eu já estaria bem longe. E eu *vou* com você. O livre-arbítrio ainda existe, certo? O direito de ir e vir?

– Mas não o de me pentelhar.

Ela ri novamente. Falta de paciência a diverte? Então ela vai morrer de rir se depender de mim.

– Eu não vou te atrapalhar, prometo. Você pode achar que não, mas ajuda é sempre bem-vinda. Nem que seja pra ser comida pelos canibais enquanto você foge.

Após a piada ela bate três vezes no ar enquanto emite "*toc, toc, toc*".

– Essa seria uma bela ajuda – respondo, ignorando sua brincadeira. – E é o mais provável de acontecer. Como eu disse, não atraio muita sorte para meus acompanhantes.

– Prefiro arriscar do que ficar mais um dia presa aqui.

Levantando-se, ela pega uma esferográfica vermelha e um pedaço grande de papel amassado.

– Vamos, mostre como chegar lá.

– Hã?

– Faça um mapa de como chegar à tal loja. Se você morrer, eu pelo menos terei uma chance.

Encaro os grandes olhos castanhos de Daniela. Há um misto de ansiedade e diversão. Melhor não contrariar. Se for minha noite de sorte, quem sabe ela não se arrisque sozinha e suma da minha vida. Não seria nada mal.

Pego o material e rabisco um mapa do ginásio até a loja de pesca, explicando passo a passo sem muita paciência.

O suor desliza de meus dedos, passando pela caneta e manchando o papel em alguns pontos. Guia pronto, me viro novamente. Não trocamos muitas palavras, apesar de ela tentar saber mais sobre minha vida. O bom humor não a abandona. E bom humor demais é algo que me incomoda.

Nunca fui com a cara de pessoas muito simpáticas. Isso para mim é sinal de falsidade, ou de uma máscara para camuflar a verdadeira personalidade. Gosto de falar o que penso e fazer o que quero, sem me importar com a maneira que me olharão. Nunca fui de bancar o bom samaritano com quem não gosto. Exceto quando tenho algum interesse. Meu amigo Roger costumava dizer que eu era muito interesseiro e só pensava em mim, por isso ninguém me aguentava por muito tempo. Eu me divertia quando ele falava isso.

Daniela me acorda cedo. Sinal de que meu desejo não se realizou. Ela parece muito animada para deixar o ginásio. Acho que se eu tivesse passado tanto tempo confinado em um mesmo lugar também estaria louco para fugir. Nós nos lavamos superficialmente nas torneiras e pegamos algumas roupas. Damos fim à comida que resta, meio pacote de bolacha e três barras de cereais. Pra finalizar, enchemos algumas garrafas de água da torneira.

Sigo na frente, mesmo que ela insista em andar quase colada a mim. Como essa garota me irrita. Assim que chegamos ao portão principal, dou uma geral procurando alguém. A área parece limpa. O brilho do sol é fraco, pois não deve passar de seis da manhã. Faz até um friozinho bem gostoso, ótimo pra compensar a calor do cão durante a noite. Abro o portão com cuidado e noto um grupo de zumbis se locomovendo devagar pela rua. Estranho sua atitude, pois não me lembro de ter visto tantos juntos quando não me perseguindo. É como se procurassem algo. Me escondo atrás de uma pilastra próxima ao portão, e Daniela se abaixa atrás do balcão onde eram vendidos os ingressos.

Torço para que não estejam nos farejando. Sei que barulho e movimentação os atrai, mas não tenho tanta certeza quanto ao cheiro.

Espiando, os vejo se dispersando em frente ao ginásio. Me escondo outra vez e, num gesto automático, prendo a respiração. Vejo Daniela encolhida no canto, imóvel. A expressão em seu rosto torna qualquer palavra para descrever o medo desnecessária.

A tentação de olhar para fora é muita. Não ouço passos nem os costumeiros grunhidos, mas sei que eles estão ali. Uma espiadela, por mais rápida que seja, pode acabar com tudo.

De repente, ouço algo roçando na grade. Tento me lembrar se fechamos o portão, mas a adrenalina faz os pensamentos fugirem. Sinto que há algo podre e perigoso deslizando nas barras. Vislumbro em minha mente o olhar caçador vasculhando o saguão. Algo desejando nossa carne.

Um grunhido. Baixo e contínuo. Outro mais longe. Passos cada vez mais próximos. Me preparo para correr antes que seja tarde. O coração acelera, minhas têmporas latejam.

Os grunhidos se multiplicam, mas agora não transmitem ameaça. Estão se afastando, talvez em busca de algum infeliz sobrevivente que não durará muito mais. Esse aqui pretende durar um bocado.

Aguardo antes de sentir segurança para olhar para a rua. Vazia. Chamo Daniela com um aceno e saímos. Observo ao redor por garantia. Barra limpa.

– Vam'bora!

No caminho rumo à loja de pesca, não somos surpreendidos por nenhum deles. O percurso está longe de ser calmo, mas não apresenta maiores contratempos por um bom trecho.

Chegamos a uma rua estreita onde paralelepípedos se estendem por todo o quarteirão, dificultando o trajeto. Há lixo na sarjeta inteira, de esquina a esquina. O cheiro nauseabundo atrai moscas varejeiras que dançam desorganizadas pelo ar.

Caminho sorrateiro pela calçada quebrada em vários pontos, mantendo-me próximo às baixas muretas. A vegetação cresceu muito nos jardins e canteiros, onde ramos amarelados se projetam, folhas secas e verdes misturadas umas às outras. De um arbusto mais denso, uma mão com três restos de dedos serve como alimento para uma pequena e faminta legião de formigas. As casas, antes brancas, estão amareladas como a vegetação que sofre com a falta de chuva. São casas simples, mas bonitas. Ramificações de heras deslizam pelas paredes, há muito não passam por uma poda. Escondida sob as trepadeiras, enxergo uma marca vermelha, quase apagada. Uma mão desenhada com sangue.

Tomo cuidado para não ser visto por algum eventual zumbi solitário que possa aparecer. Daniela vem logo atrás, olhando ao redor, segurando firme a alça de sua mochila. O silêncio perturbador é quebrado apenas pelo som abafado de nossos passos.

Já no meio do quarteirão, avisto três pessoas. Ainda que pareçam humanos normais, não preciso chegar mais perto pra saber que há pelo menos uma mordida em cada um deles e mandíbulas prontas para nos estraçalhar.

Fico imóvel no mesmo instante. Daniela também os vê e agarra forte em meu braço.

– Fica quieta.

Recuo devagar e arqueado antes que sejamos notados. Daniela se atrapalha e pisa em falso, amassando uns galhos secos. O eco faz meus olhos quase pularem das órbitas. Por uma sorte filha da mãe eles não ouvem.

Lanço um olhar repreensivo à garota. Ela entende perfeitamente como "*olhe onde pisa, sua anta.*"

Abaixando um pouco mais, próximo a um monte de sacos pretos fedorentos que nos servem de barricada, sussurro.

Não dá pra voltar por baixo porque não há passagem para a rua da loja. Até seria possível, mas teríamos que andar dez vezes mais do que o necessário, e seguir em frente está fora de cogitação.

Olho ao redor em busca de um caminho alternativo. Não conheço a vila, então o jeito é explorar.

Chamo Daniela com um aceno e entramos sorrateiros por um portão enferrujado e com a base emperrada por raízes que escapam de frestas no muro. O rangido dói em meus ouvidos. Daniela se abaixa no instante em que fecho a passagem. Espio novamente por cima da mureta a fim de me certificar que eles não nos viram, mas o grito da garota explode em meus ouvidos. Ouço rosnados no mesmo momento em que vejo o trio de zumbis na esquina esticarem as cabeças e disparar aos tropeços em nossa direção.

Viro-me e a vejo sumir atrás da casa, chamando meu nome. Corro atrás e, de início, penso serem mais zumbis, mas os latidos enfurecidos não enganam. São cães. Cães enormes. E parecem estar famintos.

Os gritos dos canibais se aproximam e, no momento em que chego aos fundos do terreno, suas cabeças surgem sobre o muro. Pronto! A corrida começou.

Encontro Daniela próxima a um portão mais alto me esperando, aflita.

– Por aqui, Tiago. Rápido!

Ouço os latidos próximos aos calcanhares, o que me dá um impulso maior. Atravesso a passagem como um raio, e Daniela aproveita a deixa para batê-lo com força. O impacto dos cães contra o ferro descascado faz seus braços cansados vacilarem.

Derrapo na terra e dou meia volta, ajudando a bloquear o portão a tempo de impedi-los de entrar.

Os latidos ferozes são tão ameaçadores quanto os grunhidos dos canibais. Esses cães não devem comer há muito tempo. Daniela me ajuda a bloquear a passagem. Ainda que não seja problema aguentar a força dos animais, é preciso desviar de suas investidas. O que nos preocupa é o que fazer quando *eles* chegarem. Não podemos sair dali, pois não há nada que impeça o portão de abrir assim que o deixarmos.

– Corre! – ordeno. – Me espera na loja.

– Mas eu não conheço direito o caminho...

– Eu não desenhei a porra daquele mapa à toa, garota! Vai!

A pancada repentina me pega de surpresa e meus pés arrastam pela terra. Por pouco não caio e deixo o portão abrir. A bocarra de um dos cães aparece rapidamente na fresta, mas some em seguida. Assim que ouvimos a briga entre cães e monstros, continuo.

– Segue esse corredor entre as duas casas e sobe na próxima rua. Continua em frente por seis quadras e vai encontrar a loja de pesca. Te encontro lá.

Daniela hesita ao largar o portão.

– Vai logo, porra!

Lançando um último e assustado olhar, ela agarra a alça da mochila e, com o mapa na mão, corre, sumindo por entre os quintais desertos.

Sozinho, sinto dificuldade em mantê-los do outro lado. É só os ganidos de dor dos animais morrerem e as investidas contra o portão aumentam. A terra me faz escorregar. Olho ao redor e não vejo nada que possa fazer o papel de trava. Dou graças por Daniela ter ido embora, caso contrário seria um estorvo em minha próxima fuga. Respiro fundo e, sem escolha, disparo.

O portão é aberto com violência no instante em que o largo. Os berros animalescos vêm em seguida.

Sigo por um corredor a fim de despistá-los. O trajeto é dificultado por um monte de entulho oculto sob a grama que por pouco não me faz cair. Vacilo aos tropeços, mas consigo manter o equilíbrio e continuar. Os assassinos caem uns sobre os outros, e nem assim desistem. Levantam e prosseguem em meu encalço.

Derrapo na curva de uma casa e sou surpreendido pelo cheiro mais fedido que já senti na vida. Há galinhas mortas por todo o quintal. Despedaçadas. Titica e penas manchadas de sangue se espalham pela área. Sem muita dianteira, minha única alternativa é me esconder no lugar mais próximo à vista. Um galinheiro tomado por moscas.

Entro escorregando sobre a sujeira e fecho rapidamente uma portinhola. O rangido da madeira velha acaba com qualquer chance de tornar o lugar um esconderijo. Não demora muito, eles aparecem e vêm direto ao galinheiro. Uso o frágil trinco apenas por impulso, e corro. Emprego toda minha força e vou de encontro às ripas, arrebentando algumas delas. O buraco não é suficiente para passar, então começo a puxar com urgência a madeira restante. Farpas entram em meus dedos, mas não paro.

Ouvindo a portinhola ser arrebentada, não espero a morte certa e me enfio na estreita passagem. Sinto minha camisa rasgando e ouço os gritos alucinados atrás de mim. Com dificuldade, consigo atravessar e cair de modo desastroso. De costas na terra, vejo as mãos podres saindo do buraco. A madeira está prestes a ceder, então me levanto o mais rápido possível e vou para longe.

À medida que avanço, o barulho vai se tornando distante, aliviando minha tensão. Ao ver que não há ninguém na rua, pego meu *squeeze* e dou uma golada generosa. Talvez esteja com a garganta seca por, mais uma vez, ter visto a morte de perto.

Caminho sorrateiro pela calçada até a esquina e olho pelo canto do muro. Há zumbis dispersos pela rua. Se eu passar, eles irão me ver e terei que correr mais. Preciso de uma pausa para recuperar o fôlego. Decido entrar na casa logo atrás de mim e descansar um pouco. A porta está arrombada, alguém já esteve lá. Entro com cautela, esperando pelo pior, e só me tranquilizo depois de fazer a revista.

Caio no sofá e respiro fundo, cansado de fugir dessa maneira. Sinto falta da época em que corria atrás de trabalho e só atacava a geladeira. Até mesmo dos churrascos de família nos fins de semana eu sinto falta. Como eu odiava aquilo.

Mais ao fundo vejo a cozinha, as cadeiras caídas no chão e a mesa revirada. No fogão há duas panelas. A comida deve ter estragado, com certeza. Logo abaixo, vejo um botijão de gás.

Tenho uma ideia maluca.

Saio da casa com o botijão nos braços, sem saber se está cheio ou vazio. Da esquina, os vejo ainda rondando o quarteirão. Posiciono o botijão no chão e o empurro, aproveitando a inclinação da rua. Escondido, vejo que eles perseguem o botijão, atraídos pelo barulho nada discreto. Pode não ter sido o plano mais original do mundo, mas funcionou. Aproveitando a distração, passo correndo para outra esquina e parto em direção à loja.

Levo uns cinco minutos até chegar ao local, próximo à praça central. Jaboticabal não é uma cidade muito grande. Se fugir de poucos é cansativo, imagino como deve estar a situação na capital. A porta da frente está fechada. Escalo a parede lateral, onde há uma grade resistente, e chego ao telhado onde há algumas telhas soltas. Daniela deve ter descido por ali – isso se ela conseguiu chegar tão longe. Me aproximo e olho pelo buraco, mas só há escuridão. É o forro de madeira da loja. Entro com cautela, provocando um som abafado e, abaixado, vou até uma parte iluminada mais ao fundo, encontrando um alçapão.

– Daniela? – chamo. Nada.

Com um *precision*, chego ao interior da loja. Meus pés doem quando caio, pois é uma boa altura até o chão e não há espaço para o *rolling*[5]. Assim que me levanto, vejo Daniela encostada na porta da entrada, envolta pelas sombras. Sua feição está mudada. Ela me olha com um olhar diferente, com raiva. Ela está apontando um lança-arpão para mim.

– Eu vou te matar! – diz ela, tremendo com a arma na mão.

– Você tá louca? – grito, sem entender.

5 Rolamento. Alivia o impacto de saltos com chances de risco às juntas.

Capítulo 4

Como nos filmes

Quando vejo Daniela apontando a arma pra minha cabeça lembro que há outras causas de morte além de ser dilacerado por zumbis. Apenas não é tão costumeiro como antes.

– Sai da fr-frente, Tiago! – diz ela, tremendo.

Ela mantém o lança-arpão apontado não diretamente pra mim, mas um pouco mais para a direita. Um movimento atrás me faz entender o que está acontecendo. Viro de costas e encaro um vulto nas sombras, parado, armado com um facão. Recuo para perto de Daniela, trombando em uma prateleira de onde caem itens de pesca.

– Quem é esse cara? – pergunto.

– Um maldito que tentou me matar assim que entrei aqui. Saiu de trás do balcão e se jogou sobre mim. Por sorte, consegui empurrar ele pra longe antes que me cortasse. Peguei esse lança-arpão caído no chão e corri pra cá – explica ela, ainda tremendo muito.

Por via das dúvidas, pego uma grande pá dentro de um barril.

– Eu pensei que você fosse um deles, menina. Eu estava cochilando atrás do balcão, quando ouvi passos dentro da loja. Esperei até você entrar na mira e ataquei. Tá muito escuro aqui. Como eu poderia saber que você estava viva? – se desculpa o homem ainda envolto nas sombras. Parece estar tão assustado quanto ela, as mãos trêmulas.

– Pro inferno, maldito! Se eu não tivesse te derrubado, você teria me esquartejado – grita ela, perdendo o controle.

– Calma, Daniela! – digo, tentando evitar mais uma tragédia, e me dirijo ao estranho.

– Qual seu nome?

– Carlos – o cara parece exausto. Olheiras escuras na pele queimada de sol exibem os olhos cansados. Cabelos crespos escapam das laterais do boné surrado, brancos como os pêlos grossos nos antebraços e no peito. A camiseta xadrez, vermelha e preta, pende amarrotada por fora da calça jeans rasgada na altura do joelho e manchada de barro. – Vim da zona rural e me escondi aqui ontem à tarde. Cheguei com minha caminhonete, mas o pneu estourou. Decidi vir pegar armas que me dessem alguma chance a mais, quando um bando deles me surpreendeu no caminho. Consegui fugir e vim pra cá. A porta da frente estava aberta, então a fechei assim que entrei. Quem passou por aqui antes levou tudo. Acho que acabei cochilando atrás do balcão. Juro que se soubesse que você estava bem nunca teria te atacado, menina.

Sinto sinceridade em suas palavras, talvez por vontade de encerrar logo a discussão.

Daniela se mantém firme apontando a arma. Ela respira fundo antes de baixar a guarda.

– É bom ficar de olho nele – cochicha ela comigo. Dou uma última olhada no homem, que baixa o facão.

– Você disse que veio da zona rural? Como está tudo por lá? – minha curiosidade é grande.

– Morto – curto e grosso. – Não sabia que aqui também estava assim, pra falar a verdade. Pensei que era algo das fazendas, alguma entidade.

– Como é que é? – Daniela pergunta em tom de desdém. – O quão caipira vocês são?

– O bastante pra acreditar nesse tipo de coisa, menina. Ninguém sabia o que estava acontecendo. Ninguém mais ia às fazendas. A primeira vez que tentei vir à cidade fui cercado logo na saída da estrada por um bando de gente. Quando vieram pra cima da caminhonete, percebi que era uma doença. Eles se jogavam contra o veículo em movimento sem medo. Alguns me seguiram até a fazenda e outros se perderam no canavial. Consegui manter a casa protegida com minhas armas, mas não adiantou estar a salvo enquanto minhas crias eram mortas por esses... Demônios. Eu não pude sair pra nada. Logo minhas plantações também morreram. Fui obrigado a sair quando a comida acabou, mas acabei cercado novamente. Só que, dessa vez, não havia como voltar, então tive que seguir em frente.

– Entendo – historinha completamente desinteressante. Carlos parece aquele tipo de pessoa que explica tudo nos mínimos detalhes, por mais sem importância que sejam. – Que armas você tem?

– Este facão – ele balança a grande lâmina como se já não a tivéssemos visto. – A carabina ficou na caminhonete, perto da igreja. Nem tive tempo de pegá-la, mas consegui salvar esta.

Como se fosse o cara mais inocente do mundo, e sem se importar com a desconfiança aparente de Daniela, ele puxa uma arma detrás da cintura. Eu poderia me sentir intimidado diante de um homem armado se a arma, no caso, não fosse tão... Estranha.

– Que raio de arma é essa?

– É uma garrucha. Uma pistola, mas em uma versão antiga. É uma preciosidade.

– Ela é muito feia, isso sim – diz Daniela, a antipatia escorrendo por seus lábios.

– É pequena demais. Quantos tiros essa coisa dá? – pergunto.

– Um.

– Só?

– Sim.

– Então você perdeu a viagem, cara. Primeiro porque *um* tiro pode não derrubar um deles se a sua mira não for muito boa e de quebra ainda atrairá outros com o barulho. Segundo porque duvido que tenha munição para ela aqui.

– Eu não espero encontrar munição pra garrucha, menino. A munição que procurava era para a carabina. Mas, como eu disse, foram mais rápidos do que nós. Além do mais, ela já está carregada.

Ao perceber meu olhar ansioso, sorri nervoso ao balançar a pequena arma.

– Um tiro. Nada mais. Talvez seja útil em um último momento de desespero.

Não no meu caso. Nunca pensaria dessa forma. Salvar a última bala pra mim. Não sou do tipo que desiste fácil. Não sou do tipo que tem coragem para acabar com a própria vida.

– Havia muitos deles em sua fazenda? – mudo de assunto.

– Não muitos. Os primeiros que vi foram os vizinhos mais próximos, mas logo sumiram. Os que me cercaram e mataram meus animais me seguiram da estrada. Pelo que pude notar, eles não costumam entrar no meio do mato. Parecem preferir áreas abertas. Só os vi entrar em mata fechada quando estavam me perseguindo.

Todo esse tempo passei correndo dentro da cidade e eles estavam por toda parte. Teria mais chances de escapar através do canavial? Muito arriscado.

Sem mais assunto, me viro e encontro Daniela atrás de mim. Tensa. O dedo permanece no gatilho do lança-arpão, caso precise ser rápida. Não sinto ameaça da parte de Carlos, mas todo cuidado é pouco.

– Vamos pegar o que for útil e dar o fora daqui.

Vou por trás do balcão analisar o que restou, e Daniela segue até as prateleiras. Quando meus olhos se acostumam à falta de iluminação, vejo que Carlos foi sincero. A loja fora saqueada. Merda! Se essa gente patética teve a brilhante ideia de levar todas as armas – talvez as únicas – da cidade, queria ser uma mosquinha pra ver todos se atrapalhando e, muito provavelmente, se matando em vez de se proteger.

Restaram algumas facas vazadas, mas o mais seguro para combater essas coisas são armas de longa distância. Basta uma mordida para que você se torne um deles, e quanto mais próximos, maiores as chances de levar uma bela dentada. Os estojos de várias armas encontram-se em suas prateleiras. Vazios. Odeio quando meus planos são frustrados por otimismo exagerado. Odeio não ter planos B.

Para não sair com as mãos abanando, e sendo minha melhor – e única – opção, abro a mochila e jogo coisas que possam ajudar. Duas facas vazadas, um isqueiro, um binóculo, um soco inglês prateado com pequenas e afiadas pontas. Troco minhas luvas por um par mais novo e resistente e um par de coturnos de caça. O cheiro de couro novo me leva até os dias em que saía com minha mãe para comprar sapatos. Como era bom aquilo.

– *Tiago.*

Ouço minha mãe me chamar. Sua voz está gravada em minha mente de uma maneira que nunca mais a esquecerei.

– Tiago!

A voz alarmada de Daniela me traz de volta à realidade. Ela está apontando para os fundos. Carlos sumiu. Faço sinal para ela ficar em silêncio e me seguir. Coloco o soco inglês nas mãos, enquanto ela me cobre apontando o lança-arpão para o escuro corredor. Com passos firmes e a respiração quase parada, seguimos em frente. Ouço Daniela maldizendo baixinho logo atrás de mim. Ela realmente não foi com a cara do sujeito.

Alcançando o corredor, aperto o interruptor. Nada. A eletricidade de fato está escassa. Daniela me passa uma lanterna que provavelmente pegou em uma das vitrines quebradas. Iluminando o assoalho, encontro um rastro de sangue levando até os fundos.

– Ei, Carlos – arrisco. Silêncio.

Sigo a trilha avermelhada com a luz da lanterna até ver o facão caído e, logo adiante, o que parece ser um pé. Dois pés. Pernas, com a barra da calça suja. Não de barro, como eu pensara. Sangue. O homem está sentado no fim do corredor. Inconsciente.

– Cuidado – adverte Daniela.

Aproximando-me mais, empurro sua perna com o pé, preparado para qualquer ataque surpresa. Ele permanece imóvel. Percebo que ele não está respirando. O jeans, rasgado na altura do joelho, deixa exposto um ferimento bem feio. Uma mordida. Começo a ter uma breve ideia do que possa ter acontecido.

– Sabe o que isso significa, não sabe? – pergunto a Daniela, olhando-a fundo nos olhos.

Ela arregala os olhos, alarmada, ao mesmo tempo em que ouço um urro próximo à cabeça, em um infeliz momento de distração. Tenho tempo apenas de me jogar contra a porta e, em seguida, sinto a cabeça bater várias vezes, à medida que vou rolando uma escada de madeira.

Bastante zonzo, me recobro por completo quando ouço o berro bestial seguido de um som de engasgo. Pego a lanterna caída e ilumino o topo da escada, vendo Daniela parada perto do defunto. Um arpão desponta no alto de sua testa. Pode ser só impressão, mas Daniela está sorrindo.

De volta à loja, pego minha mochila, enquanto Daniela apanha a dela, recém-adquirida.

– Você acha que eles transmitem essa coisa pela mordida? – pergunta ela.

– Nos filmes sempre foi dessa maneira. Em nosso caso não é filme, então tenho tentado ignorar essas referências. Embora tudo leve a crer que sim, já vi uma pessoa ser mordida e não se transformar.

– Quem?

– Um amigo.

Ela não discute, aceitando a ideia como se fosse a mais racional do mundo. Vejo-a depositar algo estranho dentro da mochila. Reconheço a arma de Carlos. Ela percebe meu olhar.

– Acho que ele não teve tempo de usar o único tiro da garruchinha. Talvez seja útil em outra ocasião.

Com um sorriso enigmático, fecha o zíper.

Do telhado da loja por onde subi me apoiando no muro de um estreito corredor nos fundos, vejo a caminhonete de Carlos parada próxima à igreja. É a mesma caminhonete que avistei ontem quando estava sobre as árvores do ginásio.

Para chegar lá, precisaríamos atravessar uma vasta praça arborizada com uma fonte no centro, completamente seca a essa altura. A catedral fica em frente a ela. Praça da Fonte. Coisas de interior.

O problema não é atravessar a praça. É atravessá-la com os zumbis no caminho. Há muitos vagando pela área. Provavelmente foram atraídos depois que Carlos chegou. Não preciso pensar muito para bolar um plano.

Capítulo 5

SACRILÉGIO

– **Dani, pega tudo que você precisa rápido** e me segue.

Enquanto arrumamos as coisas explico o que faremos. Logo após encher a mochila com munição, dou uma última vasculhada na loja em busca de algo que tenha me escapado na primeira olhada, mas não há nada além de inúmeras varas e itens de pesca. A única coisa que vale a pena levar é repelente. Os pernilongos me adoram.

Ao lado da porta principal, do tipo de correr para cima, encontro a peça chave do meu plano. Uma longa e fina barra de ferro com um pequeno gancho em uma das extremidades. Daniela, já pronta, me olha curiosa, mas continua calada.

Seguindo para os fundos, eu a ajudo a escalar no muro. Para o telhado ela sobe sozinha.

– Espera um minuto – digo, entregando a barra.

Volto ao corredor do porão e pego o facão de Carlos. Uma poça de sangue se formou ao seu redor, vazando do buraco aberto pelo arpão que Daniela atirou, retirou, limpou e armou novamente. Sangue frio, pelo menos, ela tem. Talvez não dê tanto trabalho como pensei. Prendendo o facão na cintura, volto à porta principal e dou início ao plano.

Abro-a devagar, deixando apenas uma minúscula brecha e observo por baixo. Não há ninguém na rua. Em um impulso, subo-a com força. O barulho ecoa por toda a loja, completamente empoeirada sob a luz. Olho pra cima e espero. Não demora até que a cabeça de Daniela desponte.

– O que você tá fazendo? – pergunta, aflita.

– Você pegou a barra?

– Sim, por quê?

– Eu vou chamar a atenção deles e correr praí. Você acha que consegue fechar a porta quando eles entrarem?

– Acho que sim, mas...

– Você tem que ser rápida, ok? É só encaixar o gancho nessa pequena abertura e empurrar com força – aponto o local indicado. – Ou prefere trocar de lugar comigo?

Dessa vez quem faz careta sou eu, mas ela, curiosamente, não sorri.

Espero ela encaixar o ferro no orifício e, a plenos pulmões, começo a gritar.

– Ei, seus fedidos! Aqui!

Dou vários chutes e chacoalhões na porta metálica pra intensificar o barulho. Não demora e ouço berros enfurecidos. Aguardo até que eles saibam onde estou e, assim que vejo uma dúzia deles a menos de cinco metros, corro. Mal abro a porta dos fundos e os malditos invadem a loja, quebrando tudo pela frente. Com o coração quase saindo pela boca, bato o pé na parede e seguro a borda do muro, subindo rapidamente com um *wall run*. O coturno é perfeito para escaladas.

Do telhado, os vejo se aglomerando no apertado espaço. Esticam as mãos imundas em minha direção, um de seus gestos de predadores alienados. Caíram feito patinhos na armadilha.

Assobiando, faço sinal para Daniela executar sua parte do plano.

– Tiago, me ajuda aqui!

Droga! Não acredito.

Corro até ela e puxo a barra de suas mãos. Realmente não é nada fácil, pois a porta emperrou. Sem alternativa, puxo a porta de volta pra cima e, empregando o máximo de minha força, empurro. Ela desce com tudo e se fecha num estrondo. Infelizmente, uma garota consegue sair antes de ser trancafiada. Parece desnorteada, porém tão furiosa quanto os outros. Reconheço a infeliz no mesmo instante. Chama-se Juliana. Em uma cidade pequena não é difícil conhecer grande parte da população. Tem o cabelo loiro e liso manchado de vermelho. O rosto está sujo por algo que parece ser fuligem, pois a pele, contrastando com a brancura dos braços, está completamente enegrecida. Pelas roupas se percebe que, quando era normal, a garota era dessas fãs de pop-rock. Poderia dizer isso apenas pelas meias, listradas de preto e rosa até a altura dos joelhos. Sem dúvida foi uma garota muito bonita. Hoje, está tão linda quanto o diabo.

– Desculpe – Daniela se encolhe. – A porta emperrou.

– Esquece. Temos mais um problema.

– Ela?

– Isso. Teremos que dar a volta.

Escalo a parede lateral e alcanço o telhado da construção vizinha, um prédio de dois andares pouco mais alto do que a loja. Daniela não encontra muita dificuldade em me acompanhar. Circulamos a área com cuidado para não pisar em falso sobre as telhas até a beirada. A altura intimida. Não é o mesmo medo de estar diante de um deles, mas ainda assim assusta. Qualquer movimento em falso é queda na certa. Por sorte a parede é revestida de uma grade mais grossa, que serve como apoio. Com um *vault*[6] cuidadoso, me agarro e desço devagar.

6 O praticante utiliza o apoio das mãos para ultrapassar o obstáculo com maior eficiência, mantendo-as firmes à borda enquanto os pés sustentam o corpo ao contato com a superfície, geralmente uma parede/muro.

Não sei se é o tempo ou a tensão, mas o calor volta com tudo. O suor começa a grudar a camisa em minha pele. Não há problema com o coturno, mas os dedos molhados exigem maior concentração.

Há dois metros do chão, realizo um *dismount*[7]. O movimento é perfeito. Observo ao redor. Barra limpa.

Daniela desce mais rápido do que eu. Parece não prestar atenção no que está fazendo.

– Calma. Uma mão de cada vez – alerto.

Atrapalhada, se confunde em uma das grades e escorrega. Uma das alças desafivela e a mochila vai de encontro à grade, produzindo um barulho inconveniente. Felizmente Daniela consegue apoiar o pé e segura firme novamente.

– Rápido! – apresso.

Antecipando o que está por vir, faço sinal para que ela fique onde está. Puxo o facão da cintura e me preparo. Quase no mesmo segundo Juliana aparece na esquina, procurando enlouquecida. Mal bate os olhos em mim, vem como um carro desgovernado. A bocarra aberta exibe os dentes amarelados e os olhos brilham em meio à fuligem. Prendo a respiração e recuo um passo a fim de obter uma posição mais vantajosa. No momento em que ela entra em meu alcance, meu braço gira veloz. O golpe é certeiro em sua cabeça. O facão atravessa o crânio com facilidade devido à força empregada. O som oco cala o berro feroz. Mal puxo a lâmina, a garota desaba. Morte instantânea.

Odeio ter que chegar tão perto deles. Odeio ter que matar

---

7 Recomendado após um *vault*. Primeiro se marca, visualmente, a área de aterrisagem. Então, o praticante usa os pés para saltar da parede (similar a um gato) e traz os joelhos pra cima. Com a zona da aterrisagem a vista, ajusta a postura no ar para permitir uma aterrisagem confortável e com pouco impacto. Quando chega ao solo os joelhos se dobram e a mão golpeia o chão, minimizando o impacto.

pessoas que conheci em vida. Lembrar de como eram, andando pela rua principal, olhando as vitrines, fofocando com as amigas. Fúteis, maldosas, superficiais. Ainda assim humanas. Não sou eu quem devia ditar seu destino. Não sou eu quem devia cravar um facão no meio de suas cabeças para evitar ser um deles. Para acabar com seu sofrimento. Eu não pedi isso. Eu não mereço essa merda.

Retomando a respiração, percebo Daniela logo atrás de mim, observando. Deve ter percebido meu mal-estar. Enxugo a testa com as costas da luva e me abaixo pra limpar o facão na roupa da zumbi abatida. Engolindo em seco, me levanto, e uma tontura me faz arquejar. Daniela vem ao meu encontro e me segura pelo braço antes que eu caia.

– Você tá bem?

Inspiro. Expiro. Inspiro.

– É fome. Quase não sinto os músculos.

Preciso comer algo logo ou não aguentarei muito. Primeiro vou pegar aquela carabina. Depois penso em comida. Levo alguns segundos para me recompor. Livrando-me das mãos de Daniela, atravesso a rua e me escondo atrás da árvore mais próxima. Todas as árvores da praça são grandes e espessas, o que dá vantagem ao nos escondermos. Vamos de uma em uma o mais sorrateiros que conseguimos. Afinal, todo cuidado é pouco.

Após alguns minutos, chegamos ao fim da praça. Sinto como se tivesse percorrido cem quilômetros. A garganta seca incomoda, e essa sede só vai trazer dor de cabeça mais tarde. Antes que possa pensar em praguejar, Daniela me puxa pela manga e nos escondemos atrás de um carro. Através do vidro embaçado, vejo o que ocasionou o ato repentino. Ainda há um zumbi vagando na entrada da catedral.

A construção é imponente, considerando os padrões ordinários da cidade. Uma grade alta com lanças prateadas circunda todo o quarteirão. Um lance de degraus de mármore leva à imensa porta metálica, de onde se estende uma torre de aproximadamente trinta metros. Três junções compõem a torre. A primeira, uma estátua detalhada de Nossa Senhora do Carmo, a padroeira do templo. Logo acima, duas janelas de bronze brilham à luz do sol. Ali fica o sino, que costumava ser tocado sempre às dezoito horas. Por último, quatro relógios enormes, um de cada lado da torre, acusam o horário. Dez da manhã. O dia vai ser longo, como de costume. Alguns metros acima, sobre a abóbada prateada, fica a cruz.

A catedral se estende por todo o quarteirão. Antes abrigava muitos fiéis. Hoje, esquecida no fim do mundo.

– Fica abaixado e poupa as energias – Daniela exibe um olhar preocupado. – Minha vez de fazer barulho.

Antes que eu perceba, ela emite um grito tão agudo que trinco os dentes por reflexo. Vejo o zumbi esquecido descendo os degraus, curioso, procurando a origem do som.

– Vai pegar esse também? – Daniela pergunta, sem tirar os olhos do canibal.

– Tem outro jeito?

– Tem.

Antes que eu possa reagir, ela levanta e puxa a besta das costas. Apoiando o cotovelo sobre o capô, um disparo é o suficiente. Certeiro no peito. O homem cai contra a grade, emitindo um gemido de gelar a espinha. Não é claro se de dor ou raiva. Sangue começa a escorrer de sua boca enquanto ele segura o arpão atravessado em seu corpo. Precisamos silenciá-lo antes que chame atenção de mais alguém.

Puxo o facão já me preparando para fazer de novo, mas sons que vêm de trás me impedem. Num giro, vejo alguns deles correndo pela praça. Com certeza estavam longe para ouvir meus berros na loja, mas perto o bastante para escutar os gritos de Daniela. Nos entreolhamo e agimos rápido. Nem é preciso falar.

Dando a volta no carro, vou direto para a caminhonete estacionada. Puxo a maçaneta, mas a porta não abre. Era só o que me faltava. Mais um puxão e ela cede. O cheiro de mofo irrompe do interior, mas não me importo. Os gritos bestiais se aproximando são piores. Vejo os reflexos borrados dos zumbis pelo vidro sujo. Entro rápido no carro e fecho a tranca. Por sorte a busca não leva muito tempo. A carabina está sobre o painel, como em exibição. Saindo pela porta do motorista, encontro Daniela pronta para fechar o portão. Ouço as pancadas dos demônios na caminhonete e aperto o passo. Enquanto Dani fecha um dos portões, me encarrego do outro e giramos o trinco. Instintivamente nos afastamos, evitando os braços que atravessam a grade, as unhas infectadas prontas para acabar com nossas vidas ao menor deslize.

Quando penso que vou poder respirar calmamente outra vez, sou surpreendido por um deles, um garoto da minha idade, escalando a grade. Acreditei que as lanças afiadas os impediriam. Ledo engano. Vejo o garoto alcançando o topo e se enroscando nas lâminas. Não parece sentir dor quando sua pele é rasgada em vários pontos. Os berros acompanham cada movimento. As bestas não se cansam de gritar, como se precisassem se comunicar umas com as outras o tempo inteiro.

Subimos a escadaria com velocidade e entramos na igreja, empurrando a imensa porta que se fecha num baque metálico. No instante em que o zumbi vence o portão, nós a trancamos.

Ouro é a cor dominante do vasto interior da catedral. A luz que invade pelas altas janelas de mosaico cria um arco-íris no local, iluminando os bancos de madeira, alguns manchados de sangue seco. Por mais sagrado que seja o local, as pancadas na porta não nos permitem sentir um pingo de paz. Alguns corpos em estado avançado de decomposição possuem nuvens escuras de insetos como companhia. São em grande parte idosos, que não aguentaram os ferimentos para se transformarem em assassinos canibais. É impossível reconhecê-los, ainda que os conheça, com certeza.

Há marcas de sangue nas paredes, mas não manchas aleatórias. São palavras. Consigo distinguir algumas. "*Pecado. Castigo. Morte.*"

– Puta merda – disparo.

– Tiago! – Daniela vocifera. – Olha o respeito.

– Como assim?

– Estamos em uma igreja.

– E daí?

– Não é porque está acontecendo aquilo – aponta o dedo à porta – que não vamos mais respeitar a casa de Deus.

Por um breve momento a encaro antes de explodir.

– Puta merda. Caralho. Porra. Filho da puta. Hum – paro e finjo pensar em mais alguma linda palavra. Olho pra cima e procuro. Continuo, novamente com uma expressão de inocência. – Olha só, não aconteceu nada. Nenhum raio na minha cabeça.

Minha expressão muda drasticamente.

– Você acredita mesmo que palavrões vão nos foder mais do que já estamos fodidos, sua imbecil? – cuspo enquanto grito a plenos pulmões. – Acha que Ele se importa se eu pegar minha merda e esfregar naquela cruz? Ele se importaria tanto quanto se eu a comesse. Larga a mão de ser idiota!

Sinto-me leve. O peito dói, a garganta está seca e a cabeça lateja. Mas me sinto como se tivesse tirado um fardo enorme das costas. Antes que ela possa se recompor e discutir, vou até o altar e O vejo na parede lateral. Jesus Cristo. De braços abertos, o olhar cabisbaixo.

E uma faca cravada no peito.

Um choque percorre meu corpo. Quem terá feito isso? Alguém tão irritado quanto eu? Com tanta fome, sede, dor? Com tamanha sensação de abandono? Possivelmente.

Aproveito o silêncio de Daniela – mas não o do maldito zumbi socando a porta – e decido ficar sozinho. Por uma porta lateral, chego à sacristia. Fechando-a, me apoio na parede e respiro fundo.

A dor de cabeça está piorando. A tontura volta aos poucos. A sede é tanta que eu chegaria ao cúmulo de beber mijo.

– Deus...

Algo chama minha atenção. Em uma prateleira, há um vaso de vidro com coisas brancas no interior. Tão logo percebo o que são, abro a tampa num ímpeto e enfio a mão pegando um punhado. Com voracidade encho a boca e mastigo as hóstias. Não sinto absolutamente gosto nenhum, mas continuo a devorar as pequenas esferas de água e farinha de trigo.

Com a boca cheia, não acredito quando bato os olhos em uma grande garrafa escura. Vinho. Mesmo quente, entorno a bebida na boca cheia. Mastigo e bebo ao mesmo tempo. Quando me dou conta, não sobrou nada no grande vaso. Nenhuma migalha. Encostado em uma bancada, continuo com o vinho. O sagrado sangue de Cristo, saúde! Após a última gota, agradeço com um bom arroto.

– Amém! – faço sinal de paz e amor para o alto.

A sensação de vazio em meu estômago ameniza um pouco. O que permanece é a dor de cabeça. Decido vasculhar a sacristia. Talvez encontre algo mais pra comer.

A sala é pequena, as paredes de madeira envernizada. Olhando o assoalho, percebo um rastro de sangue vindo exatamente de onde vim. Atravessa a sala e vai até uma porta escondida nos fundos. É como se alguém tivesse se arrastado, pois há sinais de mãos mesclados ao rastro.

Sentindo-me zonzo – provavelmente devido ao vinho – ergo

a garrafa seca e vou até os fundos. Num empurrão abro uma portinhola. A trilha rubra termina exatamente em um homem de batina encostado em um criado-mudo. As moscas vêm e vão de sua pele. O cheiro azedo incomoda. A garrafa escorrega por entre meus dedos, frouxos. A tontura aumenta no instante em que meus músculos relaxam mais do que o normal.

Forço a vista começando a embaçar e enxergo algo em suas mãos, cruzadas sobre a barriga. Uma bíblia. Aproximando-me, noto um de seus dedos manchado de vermelho, a ponta tocando o círculo de sangue ao redor de um trecho na página aberta. Curioso, pego o livro e leio dentro da marca.

"*Entrai pela porta estreita; porque larga é a porta, e espaçoso o caminho que conduz à perdição, e muitos são os que entram por ela; e porque estreita é a porta, e apertado o caminho que conduz à vida, e poucos são os que a encontram.*"

Leio cada palavra e as ouço novamente em minha cabeça, ressurgindo do fundo da mente. Ignoradas. Esquecidas.

"*Voltarei com ajuda o mais rápido possível.*"

Sinto o estômago revirar. Um nó se forma em minha garganta e a tontura piora. A sala gira enquanto dou passos largos e tortos em uma direção indefinida. Tateio em busca de apoio e sinto algo gelado tocando a mão. Em seguida, um som distante de estilhaços e leves pontadas na canela. Alcanço a grande mancha negra que deve ser a porta.

A luz machuca meus olhos. Cambaleio tentando me manter de pé e seguro um objeto próximo para não tombar. Olhando mais de perto, forçando a vista, assisto um fio de sangue se desenhando em minha mão. Estico os dedos e solto a faca no peito de Cristo.

Um passo em falso e o mundo gira. Em seguida não enxergo mais nada, exceto a escuridão mesclada a filetes de arco-íris que passam através das pálpebras fechadas.

Capítulo 6

Em busca de comida

Minha cabeça lateja tão forte que penso estar em um pesadelo até abrir de vez os olhos.

– Aqui, Tiago.

Daniela está sentada em um degrau, minha cabeça em seu colo. Uma luz bruxuleante ilumina seu rosto.

– O que aconteceu? – lembro vagamente de coisas estranhas. Uma faca. Uma promessa.

– Você vomitou. Tome.

– O que é?

– Água.

Num puxão, pego o garrafa de plástico e bebo todo o meio litro de uma só vez. Não é o suficiente, mas dá pra aguentar. Com tanta merda acontecendo, esqueci que Daniela havia trazido água do ginásio. Lembro-me de outro detalhe.

– Tem alguma comida aí? – pergunto esperançoso.

Ela sorri com timidez enquanto abre a mochila. Meu estômago ronca junto com o estalar de plástico no interior da bolsa. O que vier, será aceito de bom grado.

– Tenho essas últimas três fatias de...

Não espero e puxo os pães na direção da boca. Daniela puxa a mão, parecendo se divertir.

– Deixe meus dedos para o café da manhã.

A sensação da comida descendo pela garganta molhada só não é perfeita devido à maldita ressaca. Sigo o cheiro azedo e encontro uma poça negra não muito distante. Olho ao redor. Nenhuma iluminação, elétrica ou natural, salvo a vela de sete dias aos pés do altar.

– Que horas são?

Dani dá de ombros.

– Escureceu há um bom tempo. Só quando a noite chegou eles foram embora. Pelo menos pararam de socar a porta.

– Eu dormi demais. Vamos nos atrasar.

– Atrasar pra quê?

– Precisamos encontrar comida. Não vou aguentar ficar sem comer por mais tempo.

– Tem algum plano?

– O mercado principal. Se há algum lugar onde temos chance de encontrar comida boa é lá. Mas com essa escuridão... – suspiro. – O jeito é esperar amanhecer. Mais um dia perdido.

– Perdido nada. E nossas novas armas? – ela sorri, puxando a carabina do degrau. Não havia notado. – Acha que não valeu a pena?

– De um jeito ou de outro, serviu.

Ainda sorrindo, Daniela deita em um banco após me entregar a arma. Eu a examino, conformado.

– Enquanto eu estava... Você sabe. O que ficou fazendo?

– Rezando para que meus pais estejam bem.

Lembro-me de meu ataque mais cedo e sinto uma pontada de remorso. Fé. É algo que ela não perdeu. O mesmo que eu deveria ter feito após tudo que passei. Mas a pergunta é: *Ainda há esperança?*

– Você não abusou de mim enquanto eu estava inconsciente, abusou? – brinco, na tentativa de quebrar o gelo.

Seu sorriso morre e dá lugar a uma expressão encabulada.

– Tô brincando, garota. Boa noite.

Passo a hora seguinte testando a munição na carabina. Nunca havia manuseado uma dessa antes, mas logo me encontro. Afinal, uma vez que você aprende a atirar, puxar o gatilho é a coisa mais simples do mundo.

"Você acha que qualquer um tem a mente estruturada o bastante pra segurar uma dessas? Acha que o tesão não pode dominar e cegar qualquer um? Um homem fraco e armado vai querer chegar ao orgasmo. E você? Deixa o tesão te dominar?"

Tenho uma excitante surpresa ao descobrir que a arma não é apenas uma espingarda comum. É uma *Taurus Puma*, calibre trinta e oito. Capacidade de doze tiros. Não é nenhum lança-foguete, mas pelo menos não precisarei recarregar a cada tiro. Carlos devia ser mais do que um mero sitiante, ou não teria uma arma tão cara. Um fazendeiro, talvez. Belo fim ele teve, coitado.

Como no dia anterior, o frio matinal ajuda a superar o calor terrível da madrugada. Saindo pelos fundos da sacristia – após bebermos a água quente que restara nas mochilas – seguimos pelas ruas sem avistar ninguém no percurso, e nos escondemos atrás de um dos vários carros parados no estacionamento do supermercado. Há todo tipo de produtos espalhados pelo chão. A quantidade de sangue que mancha a área não é menor do que a bagunça. O caminho até a entrada é longo e parece um tanto impossível de alcançar com vida, considerando haver ao menos vinte canibais vagando. Queria entender o que os leva a permanecer em certos locais.

– O que vamos fazer? – pergunta Daniela, observando através do vidro. Percebo em seu olhar preocupado que ela não vê a menor possibilidade de alcançarmos nosso objetivo.

– Usaremos os carros como esconderijo até a entrada.

– Mas e depois?

Permaneço em silêncio. Ela entende que não tenho uma solução e fica mais apreensiva. Temos que nos arriscar pela comida, não tem jeito. Luto contra a fraqueza que se apodera, o cansaço físico e mental, e vou em frente, quase ajoelhado no asfalto.

À medida que avançamos, espio por baixo dos carros para me orientar. Com um terço do estacionamento percorrido, paramos pra esticar as pernas. Andar abaixado cansa um bocado. Ao meu sinal, continuamos, mas no momento em que me apoio em um carro, o alarme dispara. Nem preciso dizer que recebemos uma saraivada de olhares famintos.

– Eles nos viram! – grita Daniela, pegando a besta e se preparando.

– Jura? – retruco num tom sarcástico.

Os zumbis começam a correr em nossa direção. Parecem mais agressivos do que nunca, alguns deles se jogando pelos capôs, uma visão que me faz querer fugir gritando.

– Tiago! Rápido!

Olho pra trás e encontro Daniela dando a partida em um carro. Entro pelo carona sem pestanejar.

– Se segura – avisa, amedrontada.

– Onde conseguiu as chaves?

– Estavam no contato.

Feliz com a sorte, imagino o que deve ter acontecido com a vítima, provavelmente arrancada do banco antes de poder reagir.

Não entendo o que ela faz, pois nunca aprendi a dirigir. Sei apenas que o carro dispara pelo estacionamento, batendo na lateral dos demais, enquanto os malditos nos perseguem. Ela contorna o caminho com habilidade, mas não o bastante pra evitar as colisões que riscam a tinta e arrancam retrovisores. Conforme nos distanciamos, olho para trás pra confirmar que estamos a salvo. Um alívio me invade.

Ainda suspirando, só tenho tempo de cobrir o rosto e evitar a pancada quando o carro arrebenta uma porta e se choca contra os caixas. Moedas e notas se espalham pelo chão. Isso me interessaria há um tempo. Hoje, não. Saímos apressados, ouvindo os gritos dos zumbis que nos perseguem. Seguimos pelo labirinto de corredores como loucos. Em uma virada desajeitada, escorrego e vou de encontro a uma pilha de sacos de carvão. Daniela para, assustada. Não preciso olhar para trás pra saber que eles entraram.

– Se esconde – sussurro.

A única ideia que tenho é ir para debaixo de uma prateleira. Em questão de segundos, os zumbis dominam os corredores, curiosos para nos encontrarem. Não vai ser fácil sair daqui. Procuro ao redor. Onde está Daniela? Espero que tenha conseguido se esconder em um lugar melhor do que eu.

Apesar de ágeis as criaturas não são lá muito inteligentes, e seguem aleatoriamente mercado adentro. Com tanta comida nesse lugar, eles querem comer justo a mim?

Certifico-me de que é seguro avançar e me arrasto para o corredor, onde faço uma verificação ligeira. Nada. Pego minha mochila debaixo da prateleira, quando escuto um cochicho.

– Não faz barulho.

No alto, vejo Daniela sobre a prateleira. Ela é rápida.

– Pega o que puder enquanto eu te cubro daqui. Se algum deles vier, eu te aviso.

Sentindo-me em desvantagem, vou pegar a comida correndo o risco de topar com um dos canibais. Abro a mochila e começo a despejar pacotes de bolacha, caixas de chocolate e embalagens de torradas. Quando o espaço acaba, amasso os pacotes pra caber mais. Sorrateiro, me escoro por uma prateleira de olho numa bancada de frutas. O cheiro enjoativo no ar indica que a maior parte apodreceu, o que não me impede de tentar encontrar algo que preste. Pego alguns sacos plásticos e os encho com frutas já meio passadas, maçãs, bananas, goiabas... Eca! Como eu odeio goiaba! Nunca pensei que fosse querer tanto comer uma como agora. O mundo realmente dá voltas.

– Tiago, corre!

Não precisa dizer duas vezes. Com uma rápida olhada em volta, eu os vejo se aproximando e decido ir para a padaria. Passo como uma flecha por trás do balcão de pães, viro à esquerda na cozinha e chego à sala dos fornos. Escolho a maior fornalha e me escondo atrás dela, ciente de que entrei numa fria. Não há outra saída. Se eles me encontrarem já era. Felizmente, carreguei a carabina durante a madrugada. Com ela empunhada, tento não tremer, mas é impossível. Ouço a porta abrir de uma só vez e passos invadem o local, meu coração quase sai pela boca. Encostado contra a parede embolorada, espero o momento exato para agir. Uma sombra surge por onde entrei. Chegou a hora.

Assim que o primeiro me descobre e grita furioso, descarrego a arma contra o infeliz. O zumbi, um senhor de batina, acerto no peito. Ele bate violentamente contra a parede e cai. O segundo, um rapaz loiro com estilo parecido com o meu, acerto em cheio na barriga. É fatal. A terceira, uma mulher de longos cabelos negros, vestindo jeans e camisa branca manchada de sangue, acerto na cabeça.

Antes que outros venham, puxo o facão da cintura e saio do beco sem mais delongas, diante de um aglomerado de zumbis que acabaram de entrar. Desfiro golpes certeiros contra os mais próximos e corro pela porta lateral, chegando aos fundos do mercado, os monstros em meu encalço, praticamente colados em mim.

Passo por um corredor onde vejo a câmara fria e um escritório, e subo a rampa que leva ao depósito. Onde deveria haver estoques com caixas e sacos, há o vazio. Pouca coisa restou. Os mais espertos saquearam os fundos, longe das vistas dos canibais.

Continuo correndo e acabo voltando ao mercado, no extremo oposto. Tento avistar Daniela, sem sucesso.

Pulo para dentro do açougue, passando sobre a vitrine. No salto, percebo o vulto de Daniela ainda sobre a mesma prateleira. Não devem ter notado quando ela gritou, uma vez que a presa fácil estava diante deles.

Levanto do chão escorregadio e continuo, seguido pelos monstros que arrebentam a vidraça e vão passando pelo amontoado de carne apodrecida. Saio pela porta de plástico dos fundos e viro à direita, encontrando minha salvação.

Escalo uma escada de ferro fundida no concreto, passo rapidamente pela entrada e bato a portinhola com o pé. Sinto como se tivesse vencido a Corrida de São Silvestre. Agora é hora de ajudar Daniela.

Para vencer o breu, acendo um isqueiro e me dou conta de que estou no forro do mercado. Placas de madeira se estendem acima do estabelecimento, presas por barras de ferro. Só posso torcer para que suportem meu peso.

Engatinhando com cautela, uso a chama e a parca luz que penetra o forro para me orientar, indo na direção onde Daniela deve estar. Após guardar o isqueiro no bolso, retiro sem dificuldade uma placa de madeira e a avisto logo abaixo de mim, abaixada sobre a prateleira.

– Daniela, aqui em cima – sussurro.

Ela olha no mesmo segundo. Quando me vê, sua expressão

assustada se torna radiante de novo. O sorriso que tanto me irrita explode em seu rosto, debochado.

– Logo eles desistem de comer você, Papa-Léguas.

– Para de brincadeira e me dá a mão.

Quando me debruço para baixo, não demora muito para que notem onde estamos e venham nos atacar. Meu tempo de vantagem, levo para me preparar para a manobra. Os zumbis começam então a forçar a prateleira. Projeto parte do meu corpo para fora e Daniela segura minha mão, a estante balançando com os encontrões dos canibais. Mais um pouco e a prateleira desaba sobre a bancada, espalhando as frutas pelo chão.

– Nem pense em soltar! – grito, me segurando em uma das barras de ferro que sustentam o forro.

Logo abaixo, posso vê-los esticando suas mãos em nossa direção, esperando que um dos dois caia para satisfazer a vontade de matar que parece jamais abandoná-los. Um forte estrondo e sinto tudo tremer. Só tenho tempo de dobrar as pernas e me prender nas barras, de cabeça pra baixo, enquanto Daniela se mantém agarrada em minhas mãos.

–Tiago, me segura! – grita ela.

Sinto o corpo tremer. As mãos suam sob a luva de couro. Não tenho forças para puxá-la para cima. Nossa pele desliza uma na outra.

– TIAGO! – o pavor toma conta de seu semblante.

Daniela manobra para segurar meus pulsos, aliviando a dor que sinto. Pisco os olhos para livrá-los da ardência do suor e espio ao redor, tentando pensar em alguma coisa. A solução está debaixo do meu nariz.

– Daniela, segura firme. Vou ter que soltar uma mão.

– Por quê? – pergunta aos berros.

– Apenas segura e não solta – dizendo isso, ergo o braço. Os músculos gritam de dor enquanto me contorço para alcançar a carabina presa na lateral da mochila. Com cãibras horríveis, eu a entrego à Daniela.

– Atiro neles ou me mato?

– Atira nas garrafas da prateleira perto deles!

Pendurada por um braço e balançando lentamente, ela avista a bancada de bebidas alcoólicas poucos metros abaixo. Não resistindo à tentação, atira contra um dos zumbis antes de começar a acertar as garrafas. Cacos de vidro caem por todo o chão, enquanto a bebida vaza e espirra no corredor, molhando os malditos. Desconcentrada, Daniela escorrega, mas consegue se segurar em minha luva, que continua escorregando.

– Tiago, me segura! – grita ela, em pânico.

– Tá vendo aquela mesa de pães ali? Vou tentar te jogar sobre ela. Dá impulso!

Começo a balançá-la em direção à padaria, onde uma mesa de madeira servia como mostruário, as cestas abarrotadas de pães embolorados. Na terceira ida, dou sinal e a solto, ela cai da pior maneira possível, derrubando e quebrando tudo. Daniela funciona como um chamariz, e os zumbis se viram em sua direção. Aproveito para pegar o isqueiro em meu bolso, coloco a chama no máximo e o lanço no chão encharcado pela bebida. Em questão de segundos, o fogo os consome. Os que conseguem escapar das chamas fogem para longe. Daniela aproveita a bagunça e some atrás de uma estante.

Agilmente, pego impulso para cima e agarro a barra, soltando minhas pernas, já calejadas pela dor. Sem olhar para baixo, solto meu corpo. Assim que o coturno toca o chão, me desequilibro e bato com a cabeça. Putz, como dói! Sinto como se tivesse levado uma marretada. Zonzo, vejo um deles se aproximando e manobro o corpo para frente, de modo a derrubá-lo com uma rasteira. Corro sem muito cuidado, esbarrando em vários produtos pelo caminho. Grito por Daniela e a ouço responder, seguido de uma buzina. Ela já está no carro, dando a partida. Deslizo sobre um dos caixas, sigo em sua direção e entro, batendo a porta. Os canibais sobreviventes, alguns deles em chamas, surgem desorientados, mas seguem seu impulso, os mesmos movimentos, as mesmas reações.

Sem sequer tocar no freio, Daniela guia o veículo com rapidez, e os monstros se tornam pontos minúsculos no fim da rua, até sumirem totalmente de vista.

Num misto de adrenalina e alívio, grito um palavrão tão alto que assusto Daniela. Trocamos olhares e rimos com vontade. A sensação de encarar a morte de frente e escapar para contar a história é indescritível. Espero nunca me acostumar.

Abro a mochila e pego uma grande barra de chocolate amargo. Lambuzo-me com uma mordida generosa, suspirando. Como senti falta disso. O gosto não é dos melhores, mas a sensação de estar comendo chocolate basta. Entrego outra a Daniela, que come com prazer. Não deve ter passado tanto aperto quanto eu, mas a correria de hoje lhe deixou com a fome de um cavalo.

Relaxado no banco, indico o melhor caminho para a estrada que não sei aonde nos levará. Conheço apenas a outra saída, pois estudei durante um ano em Ribeirão Preto, a cidade grande mais próxima, e a pegava todo santo dia. Mas não há muito que fazer, temos que continuar.

Capítulo 7

Os zumbis não são o único perigo

De barriga cheia, armas recarregadas e mais dispostos, chegamos à periferia. Daniela vislumbra a área com ar antipático.

– Que bairro horrível!

– Esse era considerado um dos bairros mais perigosos da cidade antes de...

Alguns amigos moravam aqui, mas nada é como antes. As casas foram fortemente barradas com arame farpado e placas de metal fundidas contra os portões. Muros altos e boa parte do chão não pavimentado dão a impressão de estarmos num campo de guerra. Com um aceno desconfiado, Daniela aponta para o alto de uma casa. Um vulto passa ligeiro. Sobre outra casa vejo o que parece ser um capuz. A curiosidade de saber quem é se esvai quando ouço o primeiro tiro.

– Se abaixa! – grito, me jogando no assoalho do carro, ou ao menos tentando. Meus um metro e oitenta e um me atrapalham nessas horas.

Daniela se esquiva quando o parabrisa é atingido por um novo tiro. Por sorte, nenhum de nós é atingido. Abaixada e sem poder ver a rua, tenta manter a direção e pisa no acelerador. Olho pelo canto da janela e vejo mais encapuzados sobre as casas. Pelo visto há outros sobreviventes, e não parecem nada amistosos. Nossa fuga é frustrada por um tiro em um dos pneus. O carro balança e sobe no meio fio, terminando em um terreno baldio e colidindo em cheio contra um muro. Ajoelho-me no banco e vejo os estranhos descendo das casas. Saimos abaixados e atravessamos o terreno, entrando em outra moradia.

Os corredores escuros são cobertos por telhas de fibrocimento, abarrotados de tralhas. Tropeço no pedal de uma bicicleta e a derrubo sobre um balde de alumínio. Droga! Alcanço Daniela ao virarmos à direita e nos encontrarmos diante de outro muro, esse destruído. Atravessamos o buraco e saímos no quintal vizinho, um amontoado de caixas quebradas e sacos vazios.

– Vai ser aqui mesmo. Vem!

Puxando-a pelo braço, nos enfiamos debaixo dos sacos empoeirados e com cheiro de mofo. Deitamos no chão e, tentando despistá-los, pego uma pedra e a arremesso sobre a casa empregando o máximo de força. Em seguida, me cubro.

Ouço algo quebrando ao longe, exatamente como previ. Os passos e vozes passam direto.

– Vam'bora procurá aqueles dois, galera! Vamo espancá eles até a morte.

Tento manter silêncio e controlar a respiração ofegante. Os zumbis não são o perigo maior por aqui, afinal.

Chamo Daniela aos cochichos e saímos sorrateiros pelo corredor oposto, aproveitando outro muro tombado. Antes que possamos perceber, somos surpreendidos por um pitbull que late e avança. Assim que o bicho investe, o seguro pela coleira, impedindo por um triz que abocanhe a perna de Daniela. Ouço um grito, mas não compreendo de primeira o que estão chamando. Quando o cão para de lutar e recua, entendo que chamaram seu nome, Tribal. Ele agora morde um pedaço de pau na mão de seu dono, um cara magro e pouco mais alto do que eu. Dessa vez nem ele, nem seus "capangas", seis rapazes, usam capuzes. Nenhum pode ser considerado adulto. Analisando-os, diria que têm entre dezessete a vinte anos, no máximo. Um confronto agora seria suicídio.

– Cês acharam que iam fugir fácil daqui, otários?

– Por que vocês estão fazendo isso? – pergunta Daniela, atrás de mim.

– Ah, gata! Faz mó tempão que a gente não se diverte. Com esse babaca aí a gente vai brincar de saco de pancadas. Com você... Humm! Tô pensando numas dez coisas – diz isso, com a mão no pau, arrancando risadas dos comparsas. – Vam'bora se divertir, cambada!

Ao vê-los investir, tento inconscientemente proteger Daniela com o corpo, enquanto ela apoia a mão em meu ombro.

– Amarelo! – chega uma garota gritando. No mesmo instante, todos param.

Amarelo. O apelido deve ser pelo fato do cara ser meio amarelado, nem branco nem moreno. Olheiras fundas ressaltam no rosto magro. Um tribal negro tatuado em seu braço esquerdo o faz parecer mais amarelo ainda.

– A rua tá cheia deles! – diz a garota, uma mulata de cabelo afro usando uma blusinha rosa surrada e jeans bem curtos.

Amarelo lança um olhar de raiva contra nós.

– Cês aí! – faz sinal aos companheiros. – Pega esses dois e traz pra rua.

Somos pegos pelos braços sem dó e puxados. Fora do terreno, nos jogam no meio da rua e formam um círculo. O líder se aproxima.

– Cês vão ficá aqui, bem quietinhos. Se tentarem fugir, levam bala – ameaça, apontando uma arma contra minha cabeça. Quando o bando se dispersa, vemos os canibais se aproximando ao longe. Se não podemos correr, vamos morrer de qualquer jeito. Os bandidos sobem de volta aos telhados, onde se mantêm em segurança. Há quatro deles sobre uma casa e cinco sobre outra no quarteirão oposto.

– Tiago. Acho que *agora* nos ferramos – Daniela cochicha.

Analiso ao redor, pensando no que fazer. Percebi que apenas Amarelo e outro cara estavam armados. Por sorte, os dois estão sobre o mesmo telhado. O outro bando tem apenas pedras nas mãos. Por mais que minhas ideias sejam doidas, foi graças a elas que sobrevivi. E não vou me render tão fácil diante dessa escória.

Os zumbis se aproximam rápidos, estão há apenas uma quadra de distância. Sussurro o plano para Daniela, enquanto recuamos sutilmente.

– Não temos nada a perder – é tudo que ela responde, determinada.

A chegada repentina dos zumbis impediu que nos revistassem. Ao meu sinal, Daniela sai correndo enquanto saco a arma. Disparo duas vezes, os tiros passando perto dos cretinos no telhado. Não, eles não são o meu alvo. No terceiro, acerto a caixa de força no poste, que explode em faíscas. Com a morte certa vindo dos quatro cantos, vou atrás de Daniela sob uma chuva de balas, pedras e gritos mal-educados.

– Daniela, mais rápido!

Sem responder, Dani continua a corrida desenfreada. Sobre o ombro, diviso uma legião de zumbis surgindo na esquina. Os bandidos parecem desnorteados. Não sabem se atiram nos canibais ou em nós. Pelo menos não poderão descer para nos perseguir.

Ligeiros, entramos na casa mais próxima e a atravessamos, saindo pelos fundos. Escalamos um tanque de lavar e passamos sobre o muro, caindo em um terreno onde há uma plantação de algo que nem faço questão de identificar. Abaixados, corremos escondidos sob a mata alta. Percorremos duas quadras assim. Chegamos a uma trilha de terra batida e voltamos ao bairro, onde descemos velozes.

Alguns quarteirões adiante, convictos do sucesso da fuga, Amarelo nos surpreende, o revólver em punho.

– Seus filhos da puta! Vieram pra cá e destruíram tudo. Cês vão morrer!

Sinto a dor no instante exato do disparo. Caído de costas, aperto o braço esquerdo. O sangue quente e meloso escorre entre meus dedos.

– Seu filho da puta! Desgraçado! – vocifero.

Encaro o bandido, esperando o tiro de misericórdia. Daniela é mais rápida e avança sem medo. Primeiro crava as unhas em sua orelha esquerda e com a outra mão aplica um tremendo soco. O sangue espirra violentamente de seu nariz.

Levanto-me com dificuldade para ajudar, mas ela não parece precisar. Com uma joelhada, o acerta no saco e, com o vacilo, desfere uma cotovelada em sua nuca. No chão, Amarelo não consegue evitar o chute na cara, rolando para a sarjeta.

– Seu porco desgraçado! – cospe no bandido.

Adiante, vejo os zumbis se aproximando. Na distração, esqueci completamente deles. Além disso, o bairro tem várias entradas, não apenas a que usamos com o carro. Lembro-me que minha mochila ficou para trás quando nos pegaram. Perdi tudo o que havia encontrado... Pelo menos, ficamos com as armas.

Daniela me ajuda e corremos. Amarelo já fugiu há um bom tempo, mas ainda posso vê-lo. Ouço um tiro e ele capota de queixo no chão. O tombo foi feio.

– Otário! – dispara Daniela, antes de jogar a garrucha fora. O único tiro foi certeiro na perna. Ouço os praguejos e o vejo se contorcendo de dor.

– Você não me disse que sabia atirar.

– E não sei.

Mudamos a direção e, sem medo, pulamos sobre uma cerca de madeira. Rolamos barranco abaixo, aproximadamente quatro metros. Abro os olhos quando paro de rolar e, no alto, dois zumbis nos observam. Enquanto tentam atravessar, Daniela se ergue tão ralada quanto eu. Conseguimos ouvir tiros e os gritos de Amarelo antes de corrermos pela mata.

Chegando ao bairro vizinho, nos certificamos de que as ruas estão desertas. Não há nem pássaros nas árvores até onde enxergo. Se for pra encontrar mais malucos, doentes ou não, prefiro continuar sozinho.

Daniela segue na frente, divisando os quintais e garagens. Força a maçaneta dos carros que estão na calçada, tentando a sorte, sem sucesso. Acho que já gastamos nossa cota. Alguns veículos se tornaram carcaças, depenados, com vidros quebrados e sem pneus.

Diante de uma marca de sangue, ela para. Com cuidado abre o portão para onde seguem os respingos. A trilha some na terra que um dia abrigou o jardim na saída da garagem. O cheiro do cadáver é insuportável, mesmo em área aberta. Só há uma parte do corpo, a outra foi comida, não sei se pelos canibais ou por algum animal.

Parar diante de uma tentativa frustrada de fuga nos deixa em um silêncio fúnebre. Sabemos que somos mais sortudos do que espertos por continuarmos vivos. Trocamos um olhar de cumplicidade, sem tempo para lamentar a morte de um desconhecido. Daniela encontra a chave segura na mão do cadáver. Deve ter sido arrastado antes que pudesse dar a partida.

Entro no Monza, manchando o banco com sangue, enquanto Daniela liga o carro. O motor demora a pegar, mas funciona. Ao manobrar, passamos por cima do cadáver, só mais um obstáculo largado no chão.

Decidimos não tentar a estrada pela periferia e descemos em direção ao centro, perto de onde nos conhecemos.

Seguindo por alguns minutos, não encontramos grandes concentrações. Os poucos que avistamos são facilmente deixados pra trás e os mais abusados são atropelados sem dó. Daniela permanece calada durante todo o trajeto, até que chegamos ao Centro, e ela estaciona sob uma árvore.

– Por que parou? – pergunto, desconfiado.

– Não pra tomar café. – Encara meu braço, o sangue descendo sobre o seco.

– Eu aguento. Vamos embora antes que...

Sem dar confiança, ela me deixa falando sozinho e sai, atenta. Vasculho temeroso e constato que a rua está deserta. Há uma porta arrebentada por onde ela invade a farmácia. Por mais que me esforce, meu braço dói demais. Por fim, decido acompanhá-la.

A farmácia está um caos. A maior parte das prateleiras está tombada, e caixas de remédio se espalharam por todo o local. É preciso tomar cuidado para não pisar em falso.

Daniela surge de um estreito corredor com uma maleta branca.

– Rápido, Tiago!

O fato de alguém me apressar não me agrada, mas ela tem razão. Após quase escorregar sobre um frasco, me apoio no balcão.

– Que cheiro horrível!

– Vem dali – ela aponta atrás de uma das poucas prateleiras intactas, enquanto remexe a maleta.

Noto que há um corpo do qual só avisto o braço. Ele ou ela segura uma navalha. Provavelmente não foi rápido o bastante. Deixo Daniela escolhendo os apetrechos e vou até o dito cujo, me arrependendo no instante em que descubro quem é.

A cabeça do rapaz, sentado, pende caída pra trás e exibe um corte na jugular. Sinto um enjoo me dominar e fecho os olhos por um instante, até a respiração acalmar. Já os dele, abertos, dão a impressão de me encarar, e por um breve momento retribuo. Sim, eu nunca fui de ter muitos amigos. Esse meu jeito fechado não foi adquirido após a tragédia. Porém, não era nenhum cavaleiro solitário. Havia poucas pessoas que podia chamar de amigos. E como a maioria, tinha também um melhor amigo. Ele gostava do meu jeito, dizia que era misterioso. Discutíamos sobre livros, filmes ou jogos. Agora ele me encara, os olhos mortos.

A dor que sinto é maior do que o ferimento que queima em meu braço. Um vazio preenche meu estômago, e não é fome. Nada se compara ao choque de ver alguém que me era tão querido em tal estado. Não havia suportado e desistiu. Diferente do que imaginei, ele *fora* rápido.

Esforçando-me para que as lágrimas não venham, engulo em seco e volto ao balcão.

– Calma. Já peguei tudo.

Felizmente ela não percebe que minha expressão não é causada pela dor física. Prefiro sofrer em silêncio, então faço uma careta, o mais próximo que consigo de um sorriso.

Com certa prática, ela esteriliza o ferimento. Vai me deixar uma bela cicatriz, mas agradeço a Deus pela má pontaria de Amarelo. Arde pra caramba.

– Já fez isso antes? – pergunto com os dentes cerrados.

– Não com baleados, mas já.

Apesar de estar me ajudando, Dani não tem a melhor das caras. O ocorrido na periferia a abalou e sei que levará um tempo para esquecer. Escolho não puxar mais assunto e aguento a tortura, vigiando a entrada.

Um tempo depois ela termina, satisfeita com sua obra de arte improvisada. Antes de agradecer dou uma olhada no curativo e me deparo com o desenho de um coração sobre o esparadrapo, feito com batom. Eu a encaro sorrindo timidamente, e vejo que está com os lábios pintados de vermelho.

– Valeu.

Sem esperar resposta, começo a vasculhar entre as prateleiras.

– O que está procurando?

– Remédio pra dor de cabeça.

Sem dificuldade, encontro uma cartela remanescente. Pego os quatro comprimidos e engulo a seco. Fecho os olhos por um breve momento e respiro fundo. Sinto que falta pouco pra deixar essa merda pra trás.

– Vamos embora daqui.

Durante o trajeto percebo o quanto nossas escolhas interferem na vida. Tive várias oportunidades para aprender a dirigir, mas escolhi continuar com minha bicicleta. O motivo maior era o medo. Se o tivesse enfrentado, teria deixado Jaboticabal há muito tempo. Fico pasmo em como atravessamos a cidade duas vezes em um dia. A partir de agora, pensarei melhor antes de descartar uma oportunidade.

Em questão de minutos vencemos os obstáculos de carros batidos e quase não vemos canibais no caminho. Adentramos o único bairro nobre da cidade, que leva à outra saída. Perto da via principal que dá para a estrada, um zumbi surge em uma esquina. Não, não é um zumbi. É um garoto. Ele nos vê e acena, parado no meio da rua.

– Daniela, para o carro um instante – peço, me preparando para abrir a porta e ver se o menino está bem, mas ela mantém a velocidade e vai direto pra cima dele.

Capítulo 8

RESGATE INESPERADO

– Larga! – grita ela, enquanto puxo o volante. Daniela está fora de si.

Consigo dominar a direção e piso no freio, fazendo o carro derrapar. Encaro Daniela, calado. Não sei o que dizer, embora meu olhar diga tudo. O que deu nessa doida?

Ela desafivela o cinto, parecendo confusa.

– Vocês estão bem?

Da janela, o garoto nos encara, curioso. Lembro-me dele, o conheço de vista da época em que as pessoas ainda não se matavam a mordidas. Bom, não com tanta frequência. É um oriental vestindo camisa preta com estampa de alguma banda de *J-POP*, calça xadrez cinza e *AllStar*. Tem no máximo dezesseis anos, com olhos levemente puxados e o cabelo negro e liso. Carrega uma mochila, onde noto um pacote de biscoitos saindo por um dos bolsos.

– Sim. Acho que estamos – respondo, ainda surpreso pela atitude de Daniela. – Você é...?

– Ricardo. Estou bem sim, ao contrário da sua amiga – aponta para Daniela com um aceno. Ela me olha de esguelha, cabisbaixa.

– Estou bem – responde, por fim.

– Foi mal, mas o freio falhou – minto. – Acabamos de encontrar esse carro.

– Ah, tudo bem – o japa responde, e em seguida some por trás de uma cerca.

– Espera! – grito. – Você tá sozinho?

Sinto certo receio por parte dele quando volta e nos encara.

– Não. Moro com minha mãe. Se quiserem, podem vir.

O céu de fim de tarde não é nada convidativo para nossa próxima viagem. E por mais que eu fique desconfortável na presença de outras pessoas, não posso deixá-lo abandonado aqui. Além do mais, ele tem comida e parece disposto a dividir.

– É aqui perto – ele diz, e entra pela cerca.

– Vamos, Daniela.

Atravesso e o encontro nos esperando em um jardim de roseiras.

– Podem vir. Não há nenhum deles aqui.

Nós o seguimos, cabreiros, sem avistar nenhum zumbi. A área parece tranquila. Como ele pode ter tanta certeza que não há nenhum por perto?

O bairro está tão destruído quanto o resto da cidade. Trata-se de um condomínio de classe alta, com alguns carros mais caros, grandes árvores frondosas e pouco lixo. A maior parte da sujeira vem de folhas secas. Ele nos aguarda no alpendre de uma casa branca e amarela, sem muro ou cerca. A grama alta se estende por todo o terreno. Não há ninguém com interesse em cuidar de jardins, simplesmente não fazem mais sentido. Subindo os degraus da fachada, ele destranca a porta e entra.

– Venham!

A casa está bem arrumada. Nada fora do normal. Porcelanas japonesas enfeitam o armário escuro na entrada. Um grande *Buda* de gesso decora o *hall*, assim como as espadas de samurai penduradas na parede.

– Como conseguiu sobreviver? – pergunto, curioso.

– Eu busco comida nas casas do bairro – a mochila está

agora aberta sobre a mesa de centro, exibindo pacotes de todo tipo de comida. – Também tem um mercadinho aqui perto. Eles não vêm muito pra cá. Parecem se concentrar no centro da cidade.

– Mas como conseguiu? Olha seu tamanho!

O garoto ri de meu comentário. Vi tantos adultos fortes sendo facilmente derrotados por essas coisas, e agora me aparece um menino franzino sem um arranhão.

– Eu tinha acabado de chegar da casa de um amigo e minha mãe estava na cozinha, fazendo um bolo. Era pra festa de aniversário da minha prima. Fui pro meu quarto jogar *CS*. De repente ouvi um barulho na rua. No começo, achei que vinha do computador, mas os gritos eram bem reais. Abri a janela e vi os vizinhos correndo uns dos outros. Não acreditei quando uma mulher caiu e foi morta sem piedade. Eles mordiam e batiam. Detonaram a coitada. Outra gritava sem parar. Não moveu um músculo quando avançaram contra ela. Fechei a janela correndo enquanto eles a destruíam. Mas antes pude ver a que havia sido atacada... Levantando. Não acreditei, cara! Pareciam os filmes de terror que tinha visto. Fui até a entrada trancar a porta, mas ouvi minha mãe gritando na cozinha. Meu padrasto tinha entrado pela porta dos fundos e agarrado minha mãe pelo pescoço. Peguei a *katana* e fui pra cima dele. Quando ele percebeu, não pensei duas vezes. Só senti sangue espirrando na minha perna quando sua cabeça rolou pelo chão da cozinha. Minha mãe estava desmaiada.

– Ela foi mordida? Onde ela está? – pergunto. Desde que chegamos, não percebi mais ninguém na casa.

– No porão.

– Vocês se escondem lá?

– Não... Só ela – responde ele.

Ao entender a situação delicada, pergunto.

– Você a prendeu bem?

Daniela não é tão sutil, levantando num pulo.

– Sim. Deixem minha mãe em paz!

– Só quero me certificar de que não há como ela sair – explica, seguindo pela casa em busca do porão.

Finalmente descobre uma porta esburacada, com ripas de madeira pregadas por fora.

– Essa porta está destruída – Daniela fala indignada.

– Ela não vai sair daí, eu preguei direito.

Daniela puxa a arma. Em um gesto automático, passo a mão pela cintura. Nem percebi quando a pegou de mim. Ricardo a afasta com um empurrão e bloqueia a passagem.

– Não vou deixar você matar minha mãe, sua puta!

O olhar de Daniela muda de tal maneira que me assusta. Nas últimas horas ela pareceu bem estranha. Em nada me lembra a garota brincalhona que conheci há um dia. Quando mãos saem pelas frestas e agarram Ricardo pela camisa, eu o pego pelo braço e puxo com força. Daniela, sem piedade, dispara duas vezes contra a porta.

Um silêncio sepulcral perpetua após o último tiro. Ela permanece com a arma apontada, esperando uma segunda investida. Ricardo se livra de meus braços e avança para cima dela.

– Sua maldita! Você matou minha mãe.

– Ela não era mais sua mãe.

Ricardo corre até o quarto e bate a porta. Eu o encontro deitado, segurando o travesseiro sobre a cabeça. Percebo que ele é fanático por cultura japonesa. Pôsteres de bandas orientais cobrem as paredes, e CDs amontoados em uma pilha no canto. A mesa de computador bagunçada exibe miniaturas de personagens de animes, DVDs e mangás enfileirados. Em vez de puxar assunto, permaneço calado. Espero que ele pare de chorar e se manifeste, o que acontece assim que nota a minha presença.

Ninguém consegue guardar uma história dessas muito tempo. É um peso que precisa ser dividido, e totais estranhos cumprem bem essa função.

– Quando meu padrasto mordeu minha mãe, sabia que ela se tornaria um deles, do mesmo jeito que os vizinhos. Depois que o matei, aproveitei que ela estava desmaiada e a arrastei até o porão. Bloqueei a porta sem problemas. Ela acordou e começou a se debater, abrindo os buracos. Estava segura lá. Alguém deve saber qual a cura dessa coisa. Se não sabem ainda, vão descobrir. Eu queria que ela estivesse viva quando o dia chegasse.

Entendo sua tristeza. Quantas vezes não lutei contra o choro ao pensar em meus pais. A dor de ver alguém tão importante terminar dessa maneira é algo inexplicável.

Enxugando as lágrimas, ele vai até a janela, fungando. Pela fresta observa, demonstra conhecer o padrão de comportamento dos canibais. Os tiros podem ter os atraído. Sinto alívio quando faz sinal de que a barra continua limpa. De repente, me encarando, ele indica a porta.

– O que ela é sua?

– Nada. Apenas uma sobrevivente, como nós.

– Como nós não. Pelo menos não como eu. Não conheço vocês e não sei o que fizeram pra chegar até aqui, mas *ela* não vai hesitar se tiver que te matar para continuar viva.

Por algum tempo analiso suas palavras. Pode ser uma criança, mas está certo. Afinal, nem a conheço direito.

Pela janela não vejo nada que caminhe, mas um homem prevenido vale por dois. Com a noite chegando, é perigoso deixar a casa.

– Está tarde. Acho melhor dormirmos aqui e irmos embora amanhã bem cedo. Tudo bem, Ricardo?

Ele está sentado no sofá maior, comendo *Doritos*. Daniela está próxima à janela, terminando uma fatia de bolo. Mesmo com raiva, Ricardo não foi egoísta. Fico pensando se, no fundo, não sabia que a mãe já estava condenada e o que faltava era coragem para resolver o problema. Por isso nos atraiu até aqui.

– Claro que podem ficar aqui. Amanhã pegamos o carro e vamos embora – concorda, ainda tristonho.

– Espero que exista uma cidade segura não muito longe – desabafo, tomando um gole de suco de laranja.

– Acho que esse negócio está acontecendo somente aqui. No primeiro dia, a eletricidade caiu e os telefones não funcionavam. Alguns dias depois, a luz da cozinha acendeu e consegui ligar o computador, falando com um amigo pelo *MSN*. Ele é de São Paulo. Contei o que estava acontecendo, mas ele não acreditou, é lógico. Antes que eu pudesse convencê-lo de que precisava de ajuda, a eletricidade caiu de novo. E não voltou mais.

– Uma boa notícia, enfim. O vírus, ou o quer que seja isso, não chegou à capital. Temos uma chance.

O sono demora a vir.

Antes de ir deitar, Ricardo nos oferece leite. Outra coisa que nunca gostei era leite puro, mas não estou em posição de escolher.

Deitado no sofá, permaneço olhando para o teto. Não ouço nada além de minha própria respiração.

Percebo Daniela também acordada, mesmo que tenhamos deitado há quase uma hora. Parece desconfortável, inquieta.

– O que foi aquilo, Daniela? – pergunto, sem desviar os olhos do lustre apagado.

– Aquilo o quê?

– Você sabe. Você ia atropelar o moleque. Por quê?

– Achei que fosse um deles.

– Estava claro que não era um zumbi.

– Humpf... zumbi – e se cala.

Espero um instante, percebendo que ela não vai falar, e continuo.

– O que você fazia em sua cidade?

– Por que quer saber?

– Não era você que queria conversar ontem? Estou conversando agora. Aproveite.

Na verdade, minha intenção é conhecê-la um pouco mais. Já percebi que vamos ficar juntos por um tempo, pelo menos até estarmos em segurança.

– Eu jogava handebol.

– Só isso? Não fazia nada mais? Estudar, trabalhar, namorar. Só jogava handebol?

– Não tô entendendo aonde quer chegar, Tiago.

– Ok, serei mais claro. E aquela demonstração digna de faixa preta mais cedo? Você detonou o cara. E sua pontaria com a arma? Vai dizer que aprendeu jogando handebol?

– Aquele filho da puta desgraçado mereceu.

A raiva transparece sem barreiras. Consegui cutucar a ferida.

– Olha, você não pode se deixar influenciar pelo que aconteceu lá. Já passou.

Ela não responde.

– Sei que você ficou com medo, mas há coisas piores para se preocupar. Você passou um tempão presa naquele ginásio, cercada por zumbis, e quando te conheci não parecia estar tão abalada quanto agora.

Daniela suspira, antes de virar e dar fim à conversa.

– Os seus *zumbis* não sabem o que estão fazendo, Tiago. Os bandidos sabiam.

Um bocejo e o sono repentino não me animam a continuar a conversa.

Acordo bem cedo, sobressaltado. É difícil dormir direito nos dias de hoje, mas qualquer encosto mais confortável me derruba facilmente. Dormi como uma pedra, afinal, o sofá não é dos piores. Daniela parece não ter dormido muito bem, embora se espreguice de modo exagerado. Seu rosto entrega o cansaço físico e mental em que se encontra.

Após uma hora estamos prontos pra ir embora. Ricardo está confiante, diferente da noite passada. Parece estar de mudança, levando consigo seus pertences em uma grande mochila preta. Vê-lo arrumando os CDs, roupas e revistas reforça em mim a sensação de que a mãe tinha se tornado um fardo que o prendia à casa, e agora ele está livre para seguir, não precisa mais bancar o guardião.

No carro, ele coloca um CD de uma cantora japonesa chamada *Ayumi Hamasaki* no volume máximo. Nem eu nem Daniela falamos nada. O carro, afinal de contas, é dele, e acredito não ter perigo de atrair os zumbis na estrada. A música é até interessante, embora eu não entenda uma palavra do que é cantado.

Percorremos algumas ruas até avistarmos a estrada. O sol brilha forte, e o calor me incomoda. Ligo o ar-condicionado e me recosto no banco. Daniela não diz uma palavra enquanto dirige. Permaneço calado também, enquanto Ricardo faz questão de cantar alto, acompanhando as músicas. A cena tira um breve sorriso de meu rosto. Que irreal! E pensar que logo estarei fora desse pesadelo.

Quando a situação normalizar, quero arrumar um emprego em São Paulo e alugar um quarto. Sei que podia ter conseguido dinheiro pela minha cidade. Muito dinheiro. Passei tanto tempo vagando com acesso livre a estabelecimentos com os caixas cheios e casas com as economias dos antigos moradores. Poderia ter pego o que quisesse, mas o importante era água, comida. Dinheiro não é algo que valha o espaço do seu bolso num momento desses, mas ao pensar na capital, por um breve instante, penso em dar meia-volta e ir enchê-los. Divisando a estrada sumir no horizonte, decido que é melhor não. Isso sim seria morrer pela ganância. Não ganância propriamente dita, e sim necessidade, mas enfim... Melhor não arriscar e deixar a velha Jaboticabal para trás.

Depois de um longo trecho percorrido no marasmo, passamos por um cenário inesperado que atrai nossa atenção. Pilhas de veículos foram arrastadas para o acostamento. Estão carbonizados, não sobrou nenhum inteiro. Consigo ver corpos torrados dentro de alguns deles. Repleta de marcas negras no asfalto, a pista está livre de obstáculos.

Avistamos a placa de boas vindas na entrada da cidade e adiante vejo alguns jipes do exército. Uma barricada alta se estende ao redor, contornando a cidade. Pequenos grupos de soldados andam próximos ao canavial, espalhando feixes de fogo por um objeto que não consigo identificar.

Assim que nos aproximamos da barreira, soldados nos cercam, empunhando armas.

– Nós estamos bem – arrisco, pela janela aberta.

Um deles abre a porta.

– Saiam!

Sem opção, saímos do carro e somos cercados.

– Tragam eles aqui – uma voz grossa se destaca. Somos levados a um homem de uniforme diferente. O sargento, talvez.

– Coronel Peter. Temos três aqui.

– Algum de vocês foi mordido? – pergunta.

Assustado, balanço a cabeça negativamente. Daniela e Ricardo me acompanham.

– E isso? – aponta meu braço.

– Tiro de raspão.

– Bom – o homem sorri. Um sorriso estranho, me olhando de baixo a cima. – Vamos levá-los. Ela saberá o que fazer.

Os soldados nos revistam e pegam nossas armas. Nem nos passa pela cabeça lutar, seria morte certa. Em seguida, eles nos jogam dentro de um camburão sem maiores explicações. A porta se fecha rapidamente, roubando a luz do sol.

– Esperem! O que vão fazer com a gente? – pergunto, socando contra a lataria.

Capítulo 9

"COMO TUDO COMEÇOU"

O relógio do micro-ondas marcava exatas duas da manhã.

Acabara de desligar os *freezers* e todas as tomadas do depósito e da cozinha. De volta à loja, encontrei minha amiga Juliana fechando o caixa. Estávamos exaustos. Mais uma sexta-feira de trabalho. Era muito cansativo ralar até aquele horário. Não que eu precisasse, mas passar os dias como um inútil era pior.

Assim que saímos, vimos que nosso patrão voltara. O mais estranho era ele estar abaixado perto da bomba de gasolina.

– Senhor João? Perdeu alguma coisa? – Juliana chamou enquanto trancava a porta.

Segui para onde estava minha bicicleta. Passando perto dele percebi uma poça de sangue no chão. O sangue do vigia noturno, tirado a mordidas por João.

– Puta que pariu! – gritei, trombando no pilar próximo. – Juliana, não chega perto!

Juliana se assustou no momento em que o velho veio em minha direção. Assim que avançou, grunhindo, desviei, e ele caiu sobre a bicicleta.

– Corre!

Peguei-a pelo braço e a arrastei até a porta do escritório.

– Abre essa porta!

– Calma! – disse ela, ainda confusa. – O que deu nele?

– Sei lá. Tem muito sangue.

Juliana encontrava dificuldade em encaixar a chave, trêmula. O berro raivoso nos alarmou. Ele estava vindo, e rápido.

– Deus do céu! Abre logo essa porta!

– Calma!

– Calma o caralho! Vai! – ele estava bem perto.

Quando a porta destravou, eu a empurrei e entrei ligeiro, puxando Juliana comigo. Tentei segurar, mas João fora mais rápido, se atirando contra nós. Me engalfinhei com ele, mantendo sua boca longe. Que diabo havia com ele?

Juliana pegou pela gola de sua camisa e me deu chance de empurrá-lo. Com força, conseguimos jogá-lo para fora.

– Não dá tempo de fechar a porta!

Corremos feito loucos escadaria acima, não sem antes vermos mais vultos na rua escura.

Ao chegarmos no segundo andar, nos trancamos no escritório. Sabíamos que a proteção não duraria muito, pois a porta tremia sob as investidas violentas e a madeira era fraca.

– Vem, Ju!

Destrancando a janela, percebi que era bem alto, mas havia uma chance.

– Você tá louco? – ela gritou. – Eu não vou pular!

– Mas ele vai entrar. É a única saída.

– Não, Tiago!

O estrondo veio em seguida. A porta foi levada ao chão. Quando João entrou, não pensei duas vezes. Apoiei-me no parapeito, procurando um apoio para os pés. Antes que eu pudesse pular, o homem descontrolado se atracou com Juliana, que se desequilibrou e se chocou contra mim. Desequilibrando, cai e senti a cabeça bater com força antes de apagar.

A iluminação forte incomoda meus olhos. Ao despertar, encontro Ricardo na cama vizinha, com uma expressão assustada. Parece que me esperava acordar, sentado, dando a impressão de querer conversar. Daniela está em outra cama, inconsciente.

Levanto com dificuldade, os músculos moídos.

Que roupas são essas? Vestimos camiseta e calça moletom brancas. Nada de calçados. Tenho no braço um curativo novo para o ferimento e um esparadrapo no pulso. Sinto-me limpo, diferente de quando estava fugindo. Num estalo, me lembro do que houve.

Assim que chegamos, nos levaram até um galpão, onde nos despiram e ligaram mangueiras. A pressão da água era tão forte que machucava o corpo. Tentamos nos proteger, mas eles não tinham piedade. Homens protegidos com um uniforme especial nos pegaram e nos esfregaram com buchas amarelas. Percebo a pele avermelhada, esfolada em vários cantos. Daniela tentou se livrar deles, mas foi atingida com uma coronhada na cabeça e desmaiou. Sem forças, desmaiei também. Provavelmente fizeram exames de sangue em nós três, o que explica o esparadrapo.

– Você está bem? – pergunta Ricardo.

– Acho que sim – respondo ainda zonzo. – Que lugar é esse?

A sala lembra um dormitório militar improvisado. As paredes gastas exibem marcas do tempo, os vidros das janelas estão opacos. A limpeza não recebe a devida atenção neste lugar. Não que ele seja imundo, mas certamente tem um aspecto largado. Talvez existam coisas mais importantes aqui do que limpar o chão.

A falta de grades nos indica que não estamos presos, diferente do que imaginei ao sermos jogados no camburão. Outro detalhe que chama atenção é o cheiro. Um leve azedo pairando no ar.

– Acho que é uma base militar. Não sabia que existia uma tão perto da cidade. Deve ficar em algum lugar secreto – Ricardo arrisca.

– Ou era outra coisa e foi adaptada para a ocasião – Daniela opina.

Vejo-a se levantando com dificuldade, passando a mão sobre o curativo na testa.

– Como assim?

– Devem ter tomado esse lugar assim que a merda começou. Sabem exatamente o que está acontecendo. Caso contrário, não teriam nos tratado como animais.

– Acho que é uma medida de segurança – diz Ricardo, sem encarar Daniela. – Não tem como saberem quem está infectado ou não.

– Claro que tem! – ela retruca. – Era só olhar se fomos mordidos.

– Eles não lutaram para sobreviver no meio dos zumbis como nós – rebate Ricardo, agora a fitando. – E talvez não seja só pelas mordidas que seja transmitido. Como podemos ter certeza? Nem sabemos como começou. Não sabemos se é um vírus, uma infecção, uma experiência que deu errado. Não sabemos porra nenhuma!

O clima fica tenso.

– Bom – interrompo, tentando amenizar –, percebi que havia uma barreira ao redor da cidade. Pelo jeito eles contiveram o acontecido e evitaram que outras cidades fossem destruídas.

– Não foi bem assim que aconteceu. – Uma voz nos chama atenção.

Na porta, uma senhora já nos seus cinquenta anos nos observa, com as mãos dentro dos bolsos do jaleco branco. Tem cabelo grisalho curto e usa óculos finos. Um colar dourado brilha refletindo a lâmpada fluorescente do cômodo. Ele termina num estranho instrumento pendurado, semelhante a uma pequena flauta. Apesar da idade aparente, sua pele é bem conservada.

– Sou a Dra. Abigail. Desculpem pelas medidas tomadas, mas vocês são os primeiros não infectados que encontramos. E a respeito de termos evitado que outras cidades fossem contaminadas, receio discordar. Os infectados vieram pela estrada e chegaram a algumas cidades do interior paulista. Jaboticabal não foi a única, mas a primeira de muitas.

– Mas o que aconteceu, afinal? – pergunta Daniela.

Abigail se aproxima, o som do salto ecoando, e senta em uma cama próxima. Não sei se é impressão, mas ela me olha de um modo interessado demais. Após um breve sorriso de Mona Lisa, ela cruza as pernas e deposita as mãos sobre o joelho.

– Começou na UNESP, Universidade Estadual Paulista, conhecida por possuir os melhores veterinários do país. Estudavam um parasita desconhecido em um cão. Até aí, nenhuma novidade. Acontece que esse parasita se multiplicava em contato com a corrente sanguínea. Multiplicando-se, ia direto ao cérebro do animal e o fazia perder o controle sobre suas ações. Eram dominados por um tipo de raiva, muito mais potente e agressiva. Atacavam quem se aproximasse. Descobriram isso tudo após colher uma amostra do sangue do cão e injetar em ratos. Os que foram submetidos ao teste atacaram e comeram os outros como canibais. O Dr. Emerson, encarregado pelo setor de viroses, ao tentar pegar um, foi mordido superficialmente. Continuou com a pesquisa até que começou a se sentir mal. Na enfermaria, enquanto era medicado, atacou a enfermeira. Depois vagou pela universidade atacando as pessoas. Foi tudo muito rápido. Parece que, quanto maior for o ferimento provocado por um deles, mais rápido é o contágio. Uma vez na corrente sanguínea, não há cura. Pelo menos não ainda.

– Como você sabe com tanta exatidão o que aconteceu lá? – pergunta Ricardo, interessado.

– Eu estava lá – Abigail responde, o olhar distante. – Quando os vi se matando, tranquei o laboratório e apaguei as luzes. Fiquei escondida por um tempo, pois não havia telefone por perto. Devo ter ficado no laboratório por uns dois dias. Quando consegui sair e usar um telefone, a cidade havia sido dizimada. Um helicóptero do exército veio me buscar e me levou à capital. Pelo caminho, vi que as cidades possuíam barricadas nas entradas. Não vi uma única cidade sem proteção. Eles eram muito rápidos. Em menos de dois dias destruíram tudo.

– Não há cura então? – questiona Ricardo, desanimado.

– Por enquanto não tivemos sucesso nas pesquisas. É algo realmente novo. Nenhum caso desse vírus foi registrado até hoje. Ninguém sabe como aquele cachorro o pegou. Era o cão de uma família que morava em uma fazenda. Primeiro atacou outros animais, que precisaram ser sacrificados pelo próprio dono. Ele o prendeu e nos chamou.

– Nenhuma cidade escapou? – pergunta Daniela, mais calma. – Araraquara?

– Não, sinto muito. As cidades próximas foram todas devastadas. – Ouvindo isso, noto os olhos de Daniela se encherem de lágrimas. – Tenho esta lista das cidades atacadas.

Abigail tira um papel do bolso e nos entrega. Sessenta e seis cidades do interior paulista constam no relatório, sem mencionar as cidades próximas à fronteira de Minas Gerais.

– Droga.

– Gostaria que vocês respondessem algumas perguntas sobre os infectados, já que estavam no meio deles. Seria de grande ajuda.

Somos conduzidos por um escuro corredor. Nele, atravessamos filetes de poeira projetados pelo sol que invade as persianas. De fora vem o som de carros chegando e saindo a todo o momento. Chegamos a uma sala onde um homem gordo e baixo nos recepciona. Há uma breve troca de olhares entre ele e a doutora, como um segredo compartilhado no silêncio frio que nos envolve. Daniela percebe e me olha de soslaio, a testa franzida.

Sentamos e esperamos os dois cochicharem discretamente antes de fecharem a porta. Abigail se senta em uma maca de metal logo atrás da gente, apenas observando. O homem analisa rapidamente alguns papéis e começa as perguntas, sem rodeios.

– Qual o comportamento dos infectados na presença de pessoas saudáveis?

Ricardo e Daniela continuam calados, acanhados talvez. Decido responder antes que ele repita.

– Quando os zumbis...

– Desculpe. Quem? – interrompe o homem, a expressão confusa.

– É assim que os defino. Como zumbis. Primeiro eles morrem, depois levantam e matam outros.

O gordo emite um *pff* antes de explicar.

– Eles não estão mortos. Mortos não andam. Não são zumbis, são pessoas infectadas. Agora novamente, qual o comportamento deles na presença de pessoas não infectadas?

Daniela lança um olhar de *"Eu avisei que não eram zumbis"*, que eu ignoro.

– Esses infectados são extremamente agressivos quando encontram pessoas vivas... Quer dizer, *saudáveis*. Nunca vi algum não perseguir aos gritos qualquer um que encontrasse. Como animais que andam em bando e precisam se comunicar de longe, sabe?

O gordo anota algo em uma caderneta enquanto falo. Não faz questão de erguer os olhos e continua.

– Como classificariam o grau de inteligência dos infectados?

– Zero. Ou um, no máximo. Eles só fazem correr, gritar e atacar qualquer coisa que se mova.

– Abrem portas, sobem em muros, empunham armas?

– Um deles, uma vez, pulou uma grade para me perseguir, mas foi o único caso que presenciei. E vocês? – Daniela e Ricardo continuam mudos, se limitando a balançar negativamente as cabeças. O homem ergue as sobrancelhas, em uma surpresa sutil.

– Os infectados comem ou bebem?

– Comem carne. Humana.

– Como assim? – ele finalmente ergue o rosto, incrédulo.

– Eles atacam pessoas a mordidas, na maioria das vezes.

– Isso é verdade, eu vi... – Daniela nem abre a boca e é interrompida.

– Isso não significa que eles comem carne humana. Eles mordem, mas não acredito que comam de fato.

– De onde vi, parecia que estavam comendo sim.

– E quanto à água? Eles bebem?

Penso em responder *sangue*, mas me limito a um *não*. Não entendo porque ele faz perguntas. Parece saber mais do que nós três juntos.

Por quase meia hora o interrogatório se arrasta. Onde estávamos quando tudo começou, como conseguimos sobreviver, se encontramos outros sobreviventes, se matamos algum infectado e como o fizemos. É maçante. No final das contas, não descobrimos nada que já não sabíamos.

De volta ao quarto, três bandejas com comida e suco nos esperam sobre uma mesinha. Devoramos tudo em minutos. Abigail aparece outra vez.

– Bem, meus jovens, vocês permanecerão aqui por algum tempo para que possamos examiná-los melhor. Não sabemos qual o grau de infecção, caso tenham mesmo sido infectados. Como eu disse, o parasita se adapta para sobreviver. Espero que compreendam.

Mais uma vez, não temos escolha.

Mais tarde, deitados, o sono demora a vir.

– O que vocês acham que vão fazer com a gente? – pergunta Ricardo, sentado na cama.

– Mais exames de sangue, seria o meu chute – respondo, deitado.

– Já fizeram exames. Acho que não sou o único que tem uma picada de agulha no braço. Quero dizer, o que farão depois dos testes? Pra onde nos mandarão?

– Não faço ideia, cara.

– Pois eu não estou gostando nada disso – sussurra Daniela. Parece querer evitar que alguém nos escute.

– Como assim?

– Não sei se vocês notaram o modo como eles cochichavam, as espiadas suspeitas. Não gostei nada.

– Aonde você quer chegar com isso, Daniela? – pergunto, desconfiado.

– Não sei. Sinceramente. Mas tenho certeza de que estão escondendo alguma coisa.

– O que eles esconderiam da gente?

– Se eu soubesse...

Daniela mudou muito depois que fugimos da gangue de Amarelo. Não foi tão receptiva com Ricardo como fora comigo. Seu olhar estava soturno. Parecia não confiar mais em ninguém. Espero que ela melhore. Ainda que não admita, preferia a garota brincalhona do ginásio.

Meus olhos começam a pesar. Após algumas fisgadas, me entrego ao sono.

O som de um tiro me faz pular da cama. Ao redor não vejo nada. Ouço passos vindos do corredor. Cautelosamente, vou até a porta e, pela fresta, eu a vejo. Daniela está de costas. Sangue escorre por baixo de suas pernas.

– Sua assassina! Não faz isso! – implora Ricardo.

Quando ela dá um passo lateral, enxergo Ricardo rastejando com a perna machucada. Ele deixa um rastro de sangue. Daniela empunha algo que acredito ser um fuzil.

– Não tenho escolha, moleque.

O tiro é fatal.

Batendo a porta, puxo uma cama para bloqueá-la. Vou até as janelas, mas estão todas trancadas.

– Abre a porta, Tiago! – grita Daniela, se jogando contra a madeira. A cama não vai aguentar por muito tempo.

Com um chute, quebro o vidro e facilmente abro a janela. Reprimo um grito ao me deparar com a multidão de zumbis que circunda o prédio. Droga!

– Tiago.

Daniela, já dentro do quarto, aponta a arma em minha direção.

– Você ficou doida?

– Desculpa, mas só assim eu vou conseguir sobreviver.

O tiro pega em cheio em meu ombro. Tropeçando no parapeito, tento me segurar, mas meus dedos fraquejam e caio em direção aos zumbis.

Capítulo 10

Uma fuga mal planejada

Desperto assustado. Daniela, ainda acordada, me encara com um olhar curioso.

– Pesadelo?

Afirmo com um aceno e deito novamente, o suor grudando a pele no lençol, e afundo a cabeça no travesseiro. Não consigo pregar os olhos pelo resto da noite.

Pela manhã, um soldado traz uma bandeja com saquinhos de leite de soja, pães com manteiga e bananas. Levando em consideração os dias anteriores, isso é uma refeição de luxo.

Assim que terminamos, com o soldado esperando o tempo todo na porta sem dizer uma palavra, Abigail aparece e nos leva para novos exames. No caminho, passamos por uma porta. Pelo vidro, percebo o que parece ser um corpo sobre uma maca. Mas o ambiente está escuro. Pode ser outra coisa.

Assim que ficamos sozinhos com a doutora em uma sala que muito lembra um laboratório, ela recolhe amostras de nosso sangue, fios de cabelo, saliva. É tudo muito minucioso, sem explicações. Não sei se é o fato de não me sentir à vontade na presença da misteriosa mulher, mas nem tento puxar assunto durante a hora inteira que permanecemos ali. Ela parece muito focada no que faz. Em momento algum olha nos olhos de Daniela ou de Ricardo. Apenas nos meus.

De volta ao dormitório, após o soldado nos deixar, discutimos uma saída.

– É o seguinte! Não aguento mais ficar nessa ladainha de fazer exame, vir deitar, fazer exame, vir deitar – fala Daniela, indignada. – Até quando vamos ficar confinados aqui?

– Concordo – opina Ricardo. – Acho que o sangue de ontem foi o suficiente.

– Eu vi uma coisa – começo. – Não tenho certeza, mas parecia um cadáver. Estava numa sala no fim do corredor.

– Que estranho – indaga Ricardo. – Disseram que fomos os únicos sobreviventes.

– Um cadáver não pode ser considerado sobrevivente, concorda? – Daniela debocha.

– Talvez seja um dos zumbis.

– Para, Tiago! – ela me interrompe. – Não são zumbis. Zumbis são os monstros dos seus filmezinhos de terror. Isso é real. Eles estão infectados, estão doentes.

– Lá na cidade você não se importou de como eu os chamava enquanto te salvava.

Ricardo assobia alto e revira os olhos. Daniela se limita a um olhar contrariado, calada.

– Enfim – continuo. – Não tenho certeza de que era um corpo. Estava escuro.

– Só tem um jeito de descobrir – sugere Ricardo.

Se tenho observado bem, faltam poucos minutos para a troca de turno do guarda que fica em nossa porta. Fico à espreita, esperando que ele saia, torcendo para estar certo. Duvido que tenham imaginado um ato de ousadia de nossa parte. Devem pensar que não suspeitamos de nada e que não vamos nos aventurar pela base. Tanto que nem se preocupam em trancar as portas.

Ou talvez seja mesmo paranoia nossa, mas o que custa seguir o instinto?

Logo que o guarda vai embora e some de nosso campo de visão, seguimos sorrateiros pelo corredor. A base, de modo geral, se encontra vazia. Vez ou outra um soldado aparece, mas logo vai embora. Chegamos ao nosso destino e, após nos certificarmos de que não há ninguém, entramos na sala. Ela é escura e, como o resto do lugar, muito fria. Quando os olhos se acostumam à escuridão, percebemos uma silhueta. Um corpo desnudo sobre uma maca. Eu não imaginei coisas, afinal.

Portinholas de metal despontam nas paredes, configurando o que parece um necrotério. Aproximo-me de uma delas e puxo lentamente para evitar barulho. Há outro corpo em seu interior.

– Estranho. Vocês perceberam?

– O quê? – Daniela se aproxima, procurando.

– Quase cem por cento dos infectados estão feridos, faltando alguma parte do corpo. Essas pessoas estão inteiras.

– O que vocês estão fazendo aqui?

Gritamos os três juntos assim que a lâmpada acende. Abigail não parece nada contente.

– Você... – gaguejo. – Você disse que só encontraram a gente.

– Como?

– É! Você disse que não encontraram outros sobreviventes além de nós – questiona Ricardo.

– E quem disse que eles são sobreviventes? – pergunta Abigail.

– Ora... – procuro um argumento.

– Em primeiro lugar esses são alguns dos infectados abatidos. E em segundo, vocês não tem permissão para entrar onde bem entenderem. Vocês estão sob quarentena... – ela se cala. Diante de nossos olhares desconfiados, respira fundo e continua. – É proibido entrar na maioria dos lugares aqui sem autorização, entenderam?

Assim que saímos do necrotério, Abigail tranca a porta e nos acompanha de volta ao quarto.

– Por favor, não banquem os rebeldes. Nós estamos aqui para ajudar.

Assim que ela sai, ouvimos o trinco da porta.

– Quarentena! – fala Daniela.

– O que significa? – pergunta Ricardo, confuso.

– Pelo que sei, quarentena se trata de isolar alguém para evitar que outros sejam contaminados. Mas nós não estamos doentes. Não entendo. Se estivéssemos sob quarentena, estaríamos presos em outro lugar, e não nos deixariam vagar por aqui – concluo.

– Bom, se não estamos em quarentena, estaremos em breve. Ou ela quer que pensemos estar. Não acredito que nos deixarão ir embora sem mais nem menos. Além disso, nem temos pra onde ir. É muito mais cômodo nos manterem presos. Ou nos matar – vocifera Daniela, alterada.

– Concordo – diz Ricardo. – E eles não nos deixam vagar por aí como você disse, Tiago. Você viu como a doutora reagiu quando nos encontrou naquela sala. Porque eles mantêm aqueles cadáveres lá? Dá pra fazer exame com sangue de defunto?

– Não faço ideia. Não lembro nem o nome da minha professora de biologia – ironizo.

Daniela se levanta e vai até a janela, olhando pela fresta. Há alguns soldados rondando.

– Vamos fugir daqui.

– O quê? – já me imagino no meio daquelas aberrações novamente.

– É isso que você ouviu, Tiago. Vamos fugir. Onde estávamos indo quando saímos de Jaboticabal?

– Provavelmente pra São Paulo. Ou a cidade mais próxima que não estivesse destruída.

– Vamos pra São Paulo, então – e volta a falar baixo, como se as paredes tivessem ouvidos. – Vamos "*dormir*". Quando estiver mais tranquilo, damos no pé.

– E você acha que vai ser fácil? – Ricardo desdenha.

– Só saberemos tentando.

Após o pôr do sol, ainda esperamos o momento apropriado. Passamos o dia no quarto, quietos, para não chamar atenção. Como sumiram com nossas roupas, o jeito é ir com os moletons. Por volta das dezenove horas, nos olhamos ansiosos. Está quase na hora.

De repente, um grito. Em seguida, um tiro.

Levantamos alertas.

Mais disparos e berros ecoam enquanto uma sirene toca por toda a base.

– O que tá acontecendo agora? – Daniela grita.

– Será que eles chegaram aqui? – pergunta Ricardo, mais curioso do que assustado.

Corro até a janela e abro-a lentamente. Vejo alguns dos soldados sobre outro. Eles o devoram vivo.

– Garotos – Abigail aparece no quarto, com uma pistola. – Venham comigo!

– O que tá acontecendo? – pergunta Daniela.

– Não há tempo. Vamos!

Seguimos em passos ligeiros pelo corredor, sob escolta de um soldado. Um homem aparece na esquina e começa a gritar. Reconheço aquele modo de agir. Ricardo corre para trás de mim, Daniela recua. Abigail apenas mira e atira em cheio na testa. A parede é manchada de vermelho. Continuamos a marcha, agora mais rápidos.

– Tiago – Daniela sussurra. – Temos que despistá-la.

Não sei se por sorte ou azar, mas dois infectados irrompem na esquina. O soldado hesita em atirar, talvez por serem seus amigos, mas investe com socos e pontapés. Abigail é obrigada a recuar por outro corredor, puxando uma pistola sob o jaleco. Aproveitando a deixa, voltamos pelo mesmo caminho de onde viemos, guiados por Daniela, e chegamos ao laboratório. O som dos gritos é cada vez maior. Ela vasculha em uma espécie de geladeira e encontra amostras de sangue. Nossos nomes as rotulam.

– Pra que você quer isso?

– Não vamos deixar nada que eles possuem sobre a gente. – Com força, ela joga os vidros no chão. Não entendo sua atitude.

– Vocês não aprendem nunca – Abigail bloqueia a porta. Há sangue em seu jaleco e na maleta metálica em sua mão.

Nenhum de nós responde.

– Acho que subestimei a inteligência de vocês. Em troca de sigilo em relação ao ocorrido em suas cidades, vocês seriam enviados até São Paulo, onde teriam um apartamento e empregos. Mas... – mira uma pistola transparente em direção a Daniela – Desse modo é bem mais fácil.

Antes que eu possa decidir se ela está blefando ou se realmente vai atirar, um soldado entra correndo. Com o impacto da porta em seu braço, a arma cai no chão e é pega imediatamente por Daniela.

– Tá tudo fodido lá fora, doutora! – o soldado grita sem sequer olhar pra gente. Concentra sua atenção em bloquear a porta. – Parece que tinha um infectado dentro do porta-malas do carro dos garotos. Um dos soldados abriu e foi atacado. Esses filhos da mãe são muito rápidos.

Encaro Ricardo. Seu silêncio basta como resposta.

Nesse meio tempo, Daniela mantém a arma direcionada à velha. Desviando um pouco, atira na parede, poucos centímetros de Abigail. Algo se parte em contato com o concreto. Daniela estranha e verifica a arma, encontrando agulhas, não balas.

– Me entrega as amostras! – ameaça Daniela, balançando a arma inútil.

– O que acha que vai conseguir com isso, garota? – pergunta Abigail, enquanto se aproxima devagar com a maleta estendida.

Após o segundo passo, a sala é invadida pelos zumbis. O soldado tenta sacar sua arma, mas acaba sendo atacado. Com o susto, Daniela dispara um tiro acidental e acerta Abigail na barriga. Ignorando a dor e mais preocupada com a invasão, ela reage e bate com a maleta na cabeça de um dos canibais, caindo em seguida. Começa a se arrastar pelo chão e some por trás de um armário metálico.

– Vamos pra lá! – grito, apontando para os fundos do laboratório. Sem pensar duas vezes, nos trancamos em uma saleta abarrotada de produtos de limpeza.

– Que droga. Tenho de pegar as amostras! – pragueja Daniela.

– Não dá mais. Peguei as amostras do nosso sangue, pelo menos. Isso eles não têm mais – explico, enquanto os canibais investem violentamente contra a porta. – Agora precisamos sair daqui.

No alto há uma passagem de ar bem estreita, mas é nossa única chance. Subo em um pequeno armário e retiro a grade que a bloqueia sem muito esforço. Ajudo Ricardo a se equilibrar, e ele a atravessa sem dificuldade. Daniela é a próxima, a cólera estampada nos olhos. Quando me apoio para subir, ouço a porta sendo escancarada. Mãos agarram meus pés descalços. Chuto o mais forte que consigo e acerto a cabeça do infeliz. Com o impulso do golpe, deslizo pelo vão, caindo de costas na terra.

– Anda logo, Tiago! – Ricardo grita, me puxando pelo braço.

Como o lugar é escuro, andamos próximos à parede evitando que nos vejam. Daniela vai na frente e entra em um jipe parado no meio da via com os faróis ligados. Subimos sem mais delongas e, mal ela acelera, um infectado aparece e a agarra pelos cabelos.

– Mãe! – Ricardo grita.

Daniela aumenta a velocidade tentando se livrar da mãe de Ricardo. Seus gritos são animalescos. O vestido claro manchado de sangue associado à pele branca e os cabelos longos e negros a fazem parecer um fantasma oriental. A zumbi consegue entrar por completo no jipe, ganhando vantagem sobre Daniela, que a mantém afastada com uma mão enquanto segura o volante com a outra. Agarro-me à porta para não escorregar com as ziguezagueadas do carro desgovernado. Quando consigo me manter firme, encontro Ricardo segurando um fuzil.

– Desculpa, mãe!

O tiro é certeiro na testa. A japonesa solta o cabelo de Daniela e cai, rolando uns bons metros pelo asfalto. Ricardo é projetado para trás com o impacto do recuo e perde o equilíbrio. Em vez de um olhar solene, um suspiro de alívio e certa emoção pelo feito.

A essa altura, a base está tomada pelo caos. Vejo dois soldados escondidos sob um caminhão, desarmados. Os olhos suplicantes acompanham nosso trajeto. Logo o medo passará e não sentirão mais nada. Garanto.

Daniela quebra a cancela e segue rumo à estrada. Quando o lugar some por trás das árvores e o único som é o motor, Ricardo estende o fuzil.

– Quando vocês estavam dormindo, eu fui até o porão. Minha mãe estava inconsciente por causa do tiro, então pude amarrá-la e arrastá-la sobre meu skate até a garagem. Eu tinha colocado um remédio pra dormir no leite que vocês beberam. Precisei fazer isso pra poder arrastá-la sem vocês perceberem. Foi difícil, mas consegui. Por isso fiz aquele barulho todo na viagem. Caso ela acordasse, vocês não a ouviriam. Ela deve ter conseguido se soltar.

– Tudo bem, agora já foi – consolo.

– Achei que pudesse curá-la – diz, com uma expressão de desapontamento. – Mas depois do que vi aqui, acho que isso não tem cura.

Daniela, o tempo todo calada, diz algo que me faz lembrar a pessoa que ela se mostrou quando a conheci. Apenas olha pelo retrovisor e sorri para Ricardo.

– Obrigada.

Capítulo II

UMA NOITE NO CELEIRO

Acima da estrada, só as luzes das estrelas.

Optamos pelos faróis baixos para evitar atrair infectados perdidos. Com o combustível quase no fim, sabemos que é inevitável uma parada na cidade mais próxima ou em algum posto de beira de estrada, o que surgir primeiro. O pano fino de nossas roupas não impede o vento gelado de cortar a pele. Meus dentes batem descontroladamente. Nem me importo quando Ricardo chega mais perto e se encosta em mim na tentativa de gerar um pouco mais de calor e de conforto. Daniela não tira os olhos da pista, esfregando as mãos no próprio volante, tentando se manter acordada. Pelo retrovisor vejo seus lábios roxos, ela treme de frio.

Começamos a conversar sobre o que fazer, quando pequenas luzes surgem ao longe. Em uma curva notamos que vêm em fileira e, pela velocidade, nos alcançarão em pouco tempo. Percebo logo do que se trata.

– Daniela...

– Eu já vi – e desliga os faróis por completo.

A luz do luar é a única aliada. Com a velocidade reduzida, Daniela guia pelo acostamento enquanto a frota, muito provavelmente do exército, se aproxima. Um contorno mais baixo no canavial revela uma passagem. Sem hesitar, Daniela ruma pela escuridão, o jipe balançando devido ao solo desuniforme. À medida que avançamos a esmo, observo a estrada à distância, aguardando. Não leva muito tempo para que eles passem como flechas. Reforços para a base, tenho certeza. Se chegaram tão rápido é porque estavam perto. E deve haver muitos mais deles. Entrar na capital será mais difícil do que pensei.

Penso em mandar Daniela voltar, mas a estrada nos entregaria facilmente. Viajar de dia é muito mais seguro, ainda que segurança seja um luxo com o qual não poderemos contar tão cedo.

Assim que temos a certeza de que não corremos mais o risco de sermos vistos, Daniela reacende os faróis. Os pés de cana quase invadem o jipe, porém bloqueiam o vento, evitando com que o frio seja tão forte quanto na estrada.

Após algumas curvas, chegamos a uma área aberta. Goiabeiras despontam na entrada de um casebre abandonado, típica casa de sítio. É amarelada, com as paredes rachadas, telhas de barro. Uma cerca baixa limita o terreno que serve de quintal. Há uma única porta escancarada, exibindo o interior tomado pelo breu. Um lugar simples e macabro.

Por um tempo, apenas observamos em silêncio. Passo para o banco do carona e chamo, o fuzil preparado. Por alguns segundos, o som ecoa até que se dissipa por completo.

– Acho que a barra tá limpa.

Procuro algo que sirva de calçado, alguma bota esquecida, em vão. Sem escolha, desço e sinto a terra seca sob os pés. Passo a passo, adentro a propriedade, ignorando o medo. Ao redor das árvores, piso em restos de goiabas e sigo para a casa.

Parado na soleira da entrada, ouço o jipe aproximando. O farol ilumina mais e permite que eu enxergue melhor o interior. Daniela estaciona de frente para a casa e vem até mim.

– Acha seguro passar a noite aqui? – pergunta, um olhar assustado fitando a sinisra moradia.

– Temos escolha?

– Dormir no jipe?

– Ficar ao ar livre durante a noite não é boa ideia. E ainda tem o frio.

Também preferia não ter que entrar, mas as estradas serão varridas pelo exército essa noite, aposto. Se a epidemia foi contida nas cidades que constavam na lista, será contida na base. No fundo não estou mais tão preocupado com os zumbis. O que me preocupa são os soldados.

A iluminação possibilita que vejamos outro cômodo além da pequena sala da entrada. Por mais calafrios que sinta, entro e caminho devagar, os rangidos da madeira sob meus pés. Rente à parede, deixo a luz guiar meu trajeto e alcanço o quarto. É visível a metade de um guarda-roupa, onde procuro o motivo de ter entrado na casa. Por mais pobre que uma casa seja, sempre há algo para se cobrir. Além de alguns lençóis, encontro cobertores grossos e quentes. Pego a pilha e volto contente. Deixo tudo cair quando um vulto surge no corredor, se arrastando. Uma velha, os cabelos brancos desgrenhados e duros de sangue. A nudez revela um corpo sofrido, rugas quebradiças de cima a baixo. As pernas não se movem, apenas seguem o corpo idoso puxado pelos braços.

Daniela está com a mão na boca, reprimindo um grito. Grito que eu dei no momento em que a zumbi apareceu. Estranhamente, ela me ignora. Devagar, me abaixo e recolho as cobertas. Ela sequer nota minha presença, próximo demais. Daniela, por sua vez, foi descoberta. Uma lamúria escapa da boca murcha e suja da velha. A cada cravada das unhas remanescentes, ouvimos um gemido. Chego por trás e miro o fuzil. *Click!*

Nada. Graças a Deus ela não anda. Descobrir estar empunhando uma arma sem munição na hora H seria muito desagradável.

– Ei – grito.

Ela continua indo em direção à Daniela. Essa velha é surda? É o que parece. Surda e paraplégica. Aproveito e a acompanho até a saída. Dando a volta, chego ao jipe e entrego os cobertores a Ricardo. Dali, avisto outra construção aos fundos, maior do que o casebre.

– Dani, se prepare pra partir ao meu sinal.

Deixo os dois e vou até a frente do que parece ser um galpão. Tendo como única defesa o fuzil descarregado, o jeito vai ser dar *fuzilzada* na cara do primeiro que aparecer. Puxo a porta num ímpeto e já me preparo pra correr. Felizmente está vazio. Faço sinal para que Dani traga o jipe e entro.

Há montes de cana espalhados por toda parte. Instrumentos agrícolas e outras maquinarias não deixam espaços transitáveis. Em uma pilastra, encontro uma lamparina. Sem muita esperança, examino e puxo uma pequenina válvula. Uma luz amarelada tinge o cenário, pouco poderosa, mas suficiente para que eu descubra uma escada que leva à parte de cima do galpão. Vai ser ali mesmo.

Subo com cautela, afinal a escada não parece ter saído de uma loja há pouco tempo. Alcanço o topo no momento em que Dani e Ricardo chegam.

– Pode desligar os faróis – aviso. – E deixa a porta aberta pra vermos se chegar alguém.

Ricardo vem na frente e me ajuda com os cobertores. Forramos o chão com alguns lençóis enquanto Daniela ainda observa a parte de baixo, desconfiada. Assim que ela sobe, entrego uma coberta pra cada. Enrolamos-nos e deitamos um perto do outro, jogando as duas restantes por cima. Felizmente, o vento não chega ali e não tarda para que nos sintamos mais confortáveis. Podemos estar com fome, mas ao menos dormiremos aquecidos.

– Qual o plano assim que chegarmos à capital? – Daniela lança a questão, as mãos juntas sob a coberta, apoiando o queixo.

– Na verdade o plano começa amanhã cedo. Primeiro teremos que parar na próxima cidade para pegar roupas e dinheiro. Há centenas de pensões na capital, onde ficaremos de início. Mas depois teremos que nos virar com comida e todo o resto. O custo de vida lá não é dos mais baratos.

– Podemos passar em Araraquara – Daniela comenta, sem muita parcialidade.

Sei que há outras mais próximas, Matão, por exemplo, mas talvez essa seja a última chance dela ver sua cidade. Além do mais, Araraquara é uma cidade grande e com certeza teremos mais êxito em encontrar o que procuramos lá do que nas outras.

– Pode ser. A viagem será mais longa, mas quem sabe possa valer a pena.

Os olhos de Daniela brilham e um discreto sorriso de gratidão se forma em seus lábios, os quais voltam à cor natural gradativamente.

Ricardo levanta assustado e sigo seu olhar. A velha se arrastou até o galpão. Se move de um modo nojento, às vezes não aguentando o peso da própria cabeça e esfregando o rosto na terra. A luz da lamparina chama sua atenção. Assim que nos descobre geme novamente.

– Relaxa, Ricardo. Ela não vai subir aqui.

Ele se enrola novamente entre Daniela e eu e tampa os ouvidos. Dani tenta ignorar os lamentos, mas é impossível.

– Não vou conseguir dormir com ela lá embaixo, Tiago.

– Consegue sim. Dá medo, mas o sono vai falar mais alto.

– Não vejo a hora de me ver livre desse inferno.

– Eu também.

Após um minuto de silêncio, Dani continua.

– Lembra o que aquele cara na loja de pesca disse? Sobre não haver muitos deles em mata fechada.

– Sim, lembro. E estava certo. Confesso que quase me borrei de medo quando vínhamos pra cá, imaginando os zumbis saindo do canavial.

– Pois é – Daniela esboça uma risada, que logo morre. – Será que conseguiríamos viver em paz em um sitio? Há água, comida, isso se plantarmos. É calmo.

– Por mais seguro, *eu* não conseguiria viver muito tempo no meio do mato. Não nasci pra isso.

– Mas e se fosse sua única alternativa?

– Ainda não é. Vamos pra capital que lá sim estaremos bem.

A velha continua gemendo, sem forças para continuar se arrastando. Ela cai enquanto move apenas os dedos, sem sair do lugar.

– Obrigado – Dani agradece, olhando a pobre criatura. – Por ter me deixado vir. Se você não tivesse aparecido, eu estaria naquele ginásio até hoje. Ou morta, talvez.

Uma piscadela é minha única resposta.

– Vamos dormir.

Fecho os olhos e permaneço assim por muito tempo, ainda acordado, ouvindo os gemidos.

Acordo com um gosto estranho na boca, gosto de quem não dormiu nada.

Daniela e Ricardo ainda estão debaixo das cobertas. Eu disse que o sono viria, cedo ou tarde. Levanto sem fazer barulho e vou até a escada. A velha sumiu. Bato o pé algumas vezes contra a madeira pra chamar sua atenção, mas nada acontece. Talvez tenha ido pra fora.

Desço e saio do galpão, agora mais iluminado, possibilitando ver o forro tomado por teias de aranha. Sob o sol, o sítio é menos assustador. Fico feliz quando noto outras árvores aos fundos da casa. Achei que teria que comer goiabas novamente. No pomar há pés de jaboticaba, jaca e manga. Próximo a uma cerca destruída pelo tempo, uma torneira pinga, quase secreta. Faço concha com a mão e deixo um pouco de água cair. Cheiro algumas vezes. Inodora. A cor também não apresenta nada anormal. Arrisco com a ponta da língua. Quando tenho certeza de que não está contaminada – pelo menos não visivelmente -, abro a torneira e bebo direto do jato. Depois vou até as árvores e tomo meu bom café da manhã.

De volta ao galpão, encontro a velha novamente no caminho. Na claridade é pior do que imaginei. A pele está completamente ferida, as pernas em carne viva e os ossos expostos nos pés e joelhos. Não há mais dentes, apenas a boca murcha e sem lábios. Não consigo me lembrar de ter visto um deles tão indefeso. Sua capacidade de perseguir a presa até abatê-la é algo indiscutível. Nesse momento, porém, sinto pena. Poderia acabar com seu sofrimento com algumas pauladas, mas algo dentro do meu peito me impede.

Desvio o olhar de seu semblante vago e encontro Daniela espreguiçando; em seguida, Ricardo.

– Estão com fome?

Na casa não há nada que nos sirva. As poucas roupas são trapos, gastas pelo barro e infinitos remendos. Passaríamos como mendigos em São Paulo, e isso só atrapalharia. Lembro-me de quando era pequeno e, aos domingos, passava no sitio de um tio. Brincava com meus primos e sempre estava com terra dos pés à cabeça. Brincadeiras saudáveis, lembranças de um tempo que não volta mais. A única coisa que nos servirá, por enquanto, são as botinas de couro. Não há dinheiro exceto por alguns centavos guardados em um bule enferrujado. Na despensa, encontro sacos de arroz, feijão, fubá e outros mantimentos que não nos servem de nada se não tivermos um fogão. Não há nem leite. Os moradores deviam tirar leite direto da vaca. E, por falar em vaca, me dou conta de que não vi animais nas proximidades. Vivos ou mortos. Os caipiras terão conseguido fugir e levado as criações junto? Impossível saber.

Fora da casa, chamo os dois que se empanturram no pomar. Hora de ir. Enquanto se limpam, me lembro de uma brincadeira que meus primos e eu fazíamos e volto ao galpão. Encho a traseira do jipe com montes de cana, andando com calma enquanto a zumbi me acompanha com o olhar.

– O que você tá fazendo, Tiago? – Ricardo pergunta, enquanto Daniela apenas observa. Vai chupar cana na viagem?

– Isso não é pra comer. Tenho um pressentimento de que poderá ser útil.

– Sobrando espaço pra mim, tudo bem.

Ricardo ajuda a carregar, ainda assustado com a velha. Dani, por sua vez, checa o carro como uma mecânica profissional. Em poucos minutos estamos prontos.

À medida que nos afastamos, vejo pelo retrovisor a velha zumbi saindo do galpão.

Capítulo 12

Um presente para Daniela

Na maior parte do caminho utilizamos vias alternativas entre os canaviais. Somente quando não há escolha vamos para a estrada, mas logo entramos na trilha mais próxima. Um mapa que encontrei no porta-luvas – junto com um *walk-talk*, uma pequena lanterna e um maço de cigarros – ajuda a não nos perdermos. Eu, particularmente, já estaria perdido há muito tempo. Eu não era acostumado a me aventurar para fora de Jaboticabal. Vez ou outra viajava para São Paulo, para algum evento que me interessava, mas era raro. E passava a viagem dormindo, desinteressado do trajeto ou paisagem até meu destino.

Mais uma vez na estrada, passamos pelo alto de uma colina, onde podemos avistar outra cidade, Matão. Há fogo em vários trechos. Fogo recente. Pode ser impressão, mas algumas chamas parecem ter surgido no momento em que bati meus olhos nelas. Outra cidade destruída. Terá algum *Tiago* perdido por aí?

Quando vejo um carro surgindo em uma das ruas que levam à saída, faço sinal para Daniela e voltamos para o meio do mato.

Por meia-hora temos uma viagem tranquila. Não encontramos infectados, apenas montes de carros varridos para o acostamento em vários pontos, e nenhum outro veículo em nosso percalço. É como se viajássemos em uma terra de ninguém.

Um ponto no horizonte chama minha atenção. Gostaria que fossem urubus atraídos pela carniça, mas é vigilância aérea.

– Daniela, pare o carro!

Sem questionar, ela pisa no freio e gira a chave. Desço e vou para a parte de trás.

– Essa cana vai ser útil agora. Me ajudem a esconder o jipe!

Sem demora, montamos a camuflagem improvisada. Espalhamos a planta sobre o veículo em segundos. Em seguida corremos mais para dentro do canavial e aguardamos.

– Tentem não se mexer – oriento.

Não demora muito para que os helicópteros passem sobrevoando. Não seguem em uma direção específica. Cada um dos três circula algumas áreas.

– Acha que eles estão nos procurando? – Dani sussurra como se fossem nos ouvir.

– Talvez. Não quero arriscar.

– O carro está bem escondido? – Ricardo é o mais assustado.

– Espero que sim. Caso contrário, estejam preparados pra correr muito.

Os helicópteros levam algum tempo nas proximidades, mas logo se afastam, sobrevoando alguns quilômetros adiante. Apenas dez minutos depois sinto segurança em sair.

– Ai – Daniela não parece confortável. – Estou cheia de coceiras.

– Eu também – Ricardo a acompanha nas coçadas.

Enquanto eles se contorcem com a comichão, observo o céu uma última vez antes de colocar a cana de volta à traseira. Dou uma limpada nos bancos e chamo.

– Se cocem durante a viagem.

Conseguimos permanecer nas trilhas de terra por quase todo o resto do percurso, até que finalmente chegamos à Rodovia Washington Luiz. Diferente da noite anterior, o dia está absurdamente quente. Bebemos quase toda a água que conseguimos trazer nas poucas garrafas na casa. A última das cinco que conseguimos encher está no fim.

– De acordo com o mapa, estamos bem perto da sua cidade – Ricardo está sozinho no banco traseiro, a camisa colada na pele suada.

Daniela tira os cabelos grudados na testa e continua, o olhar fixo em algum ponto do horizonte.

– Eu conheço a área. Falta pouco.

Observo ao redor e só avisto mato. Uma imensidão sem fim. Diversas vezes vasculhei os céus em busca de outros helicópteros, mas nenhum apareceu. Podia ser uma equipe de resgate, quem sabe, mas depois do que aconteceu na base ficou difícil confiar em qualquer um.

Ricardo examina o *walk-talk* que apanhou no porta-luvas. O aparelho, porém, não emite som algum.

Finalmente chegamos à entrada de Araraquara, uma das maiores cidades do interior paulista. Se a minha estava infestada de zumbis, essa estará o inferno na Terra.

Chegamos a uma grande avenida onde estranho o silêncio. Esperava encontrar uma legião deles aqui, mas está tudo calmo. Destruído, mas calmo. Ainda assim somos cautelosos, percorrendo umas oito quadras em direção ao centro da cidade.

Passamos perto da rodoviária, sangue por toda parte. Corpos mutilados e carbonizados espalhados pelo local me fazem imaginar o desespero dessas pessoas quando tudo começou. Peço para Daniela estacionar e rapidamente revisto os guichês, encontrando algum dinheiro nos caixas. Tiro uma mochila das costas de um cadáver, manobrando o corpo com meus pés, e a esvazio para guardar nela a grana. Pegamos salgadinhos frios, pacotes de biscoito e bastante líquido. Há latas de refrigerante e de sucos, copos e garrafas de água. Ao contrário do interior, o cheiro e o aspecto são diferentes. Tudo parece estranhamente recente. Sinto o corpo arrepiar com a ideia, mas continuo. A viagem vai ser longa e, debaixo desse sol de matar e expostos à baixa umidade, a desidratação vem mais rápido do que possamos perceber. Sinto que Daniela está aflita, olhando várias vezes ao redor. A impaciência estampada em seu rosto entrega o desejo de irmos logo. Não embora, mas para sua casa.

Com a mochila cheia, voltamos ao carro, e ela rapidamente dá a partida.

O cheiro de queimado paira no ar, como se tivessem jogado carne podre em uma fogueira bem grande, o vento atirando o odor aos quatro cantos. É horrível.

– Estranho – Ricardo está em pé no banco traseiro, a mão na testa tapando o sol. – Ainda não vi ninguém, nem saudável nem canibal.

Nesse ninguém ele não inclui os vários corpos carbonizados pelo caminho. Ainda há fogo em algumas construções, todas invadidas, as portas e janelas arrombadas.

– Daniela, acho melhor voltarmos – um pressentimento estranho toma conta de mim. – Vamos pegar o que precisamos e tomar a estrada.

– Não! – ela praticamente grita, acelerando. – Preciso ver se eles estão bem.

– Eles quem?

Não adianta. Nada vai impedi-la de ir aonde quer que

esteja nos levando. O jeito é torcer para que seja apenas uma sensação ruim.

Chegamos a uma ladeira de onde avistamos uma vasta área aberta, coberta por grama. Mais veículos amontoam-se em alguns trechos, a fumaça negra dançando para o alto. Ao fim da rua ela sobe novamente, adentrando uma área residencial. Pego o braço de Daniela quando avisto a movimentação adiante.

– Dani, pare o carro agora!

– Mas Tiago...

– Nós vamos até sua casa, mas antes precisamos nos preparar. Não seja burra!

Ela me encara e obedece. Sabe que está sendo precipitada e irresponsável.

– Qual o problema?

– Eles.

Aponto na direção de alguns homens. Vestem-se com um macacão especial, todo lacrado, e seguram objetos que não consigo identificar à distância. Podem ser armas, mangueiras, qualquer coisa. Assim que alguns infectados surgem correndo das ruas, percebo do que se trata. Os homens lançam chamas nos canibais. Eles ainda correm um pouco, mas logo perdem o rumo e tropeçam, envoltos pelo fogo. Mais homens também munidos de lança-chamas aparecem, saindo das casas. Uma equipe de limpeza, pelo que parece.

– Não...

Daniela sussurra, não pelos infectados, mas por ver os homens entrando na próxima casa, as armas cuspindo o fogo no máximo. Eles não estão exterminando apenas os infectados.

Quem quer que tenha sobrado na cidade será queimado vivo.

Dani não espera novos argumentos meus e pisa no acelerador, pegando outra via. Contornamos por ela e chegamos a uma área cercada por casas de classe média alta. Conseguimos ver as línguas de fogo no fim da rua, e quando pensamos ter conseguido entrar sem sermos vistos, mais fogo surge de outras partes. A maior parte das casas está tomada pelas chamas. Chegamos tarde.

– Dani, vamos voltar – tento persuadi-la. Não podemos contra lança-chamas.

– Não sem antes resgatar os meus pais – a voz embargada entrega o choro iminente. – Eu sei que eles estão vivos.

Penso em jogar-lhe um balde de água fria, mas nem eu consigo ser tão duro. Não é fácil destruir a esperança de alguém que está em total desespero. Ainda mais se esse alguém estiver guiando em alta velocidade o veículo onde você se encontra.

De uma esquina, alguns infectados correm como verdadeiras tochas humanas. Trombam uns nos outros, desorientados. São incapazes de entender o que acontece ou ao menos de reagir contra a situação. Logo perecem completamente deformados e encontram a morte definitiva. É nessa esquina que Daniela entra, o pé cada vez mais fundo no acelerador. Vemos um homem saindo de uma casa. Ele parece estar mexendo em uma arma e não percebe nossa aproximação. O jipe invade o meio-fio e sobe na calçada. Com o impacto, arremessamos um latão para o alto. Antes de chamar a atenção do homem, sacos de lixo invadem o carro e sujam o vidro. Ele sequer tem tempo de entender o que aconteceu. A pancada é tão forte que ele bate no parabrisa, rola por cima de nossas cabeças a uns três ou quatro metros e cai no meio-fio. Ouço o pneu derrapando antes de Daniela estacionar de qualquer jeito e saltar do veículo. Ela entra correndo na casa de onde o infeliz saiu.

– Você tá bem? – pergunto a Ricardo, soltando o cinto de segurança. Ele deve ter colocado ao notar o descontrole de nossa motorista.

– Estou – ele diz, literalmente grudado no banco, os dedos cravados no estofado. O olhar assustado dispensa maiores comentários.

Escuto o grito de Daniela vindo da casa. Não de medo ou susto como antes, quando os infectados apareciam. É um grito de dor. Percebo que ela não poderá ficar lamentando o que quer que tenha visto lá dentro quando avisto homens de macacão vindo do fim da rua. Talvez, se eu soubesse dirigir, teria deixado Daniela pra trás, mas não é o caso. Entro correndo atrás dela e a encontro no meio da sala, os móveis em chamas. Há dois corpos aos pés da escada, carbonizados. Irreconhecíveis.

– Dani, fomos descobertos!

Pensei que teria que arrastá-la, mas não é o que acontece. Ela enxuga as lágrimas e sai, determinada. Sigo e a encontro no jipe, dando a partida. Consigo entrar pulando sobre a porta com a ajuda de Ricardo. Por sorte eles não são tão rápidos com aquela roupa, e logo somem no horizonte.

– Ainda não estamos a salvo – continuo olhando pelo retrovisor. – Com certeza avisarão que estamos aqui e outros virão.

– Eles não nos pegarão – Daniela mais uma vez se mantém concentrada na direção. – Não iremos parar de novo.

De repente, um chiado ecoa, nos assustando..

– Foi o *walk-talk* – diz Ricardo. – Vou tentar sintonizar.

Girando alguns botões, o garoto consegue encontrar a frequência correta.

– Câmbio... fugitivos... não tenham piedade... infectados... na entrada das cida... Beta...

É impossível ver coerência nas palavras. A transmissão está

péssima. Independente do que tenham dito, não é coisa boa.

Em pouco tempo saímos por onde entramos e deixamos mais uma cidade pra trás rumo à capital.

Uma hora depois, consigo respirar aliviado. Pensei que seríamos perseguidos por reforços, o que não aconteceu. A situação estaria tão caótica que não valemos a atenção deles? Uma dúzia de explicações passa por minha cabeça, mas desisto de todas elas.

– Preciso fazer xixi – Ricardo rompe o silêncio que nos acompanhou desde Araraquara.

Daniela responde, sem nos olhar por um momento sequer.

– Ok, eu também.

Paramos sob as árvores de um pequeno bosque, a sombra fresca como uma benção. Meus braços já estão vermelhos por causa do sol forte. Espero que minha pele não fique ardendo mais tarde.

Ricardo corre para um lado enquanto Dani vai por outro, sumindo entre arbustos. Debruço no capô e observo a paisagem. Nenhum pássaro. Por sorte, nenhum infectado também. O silêncio solitário me traz paz, mais por reflexo do que por lógica. Fecho os olhos e respiro fundo, tentando imaginar algo bom. Nada me vem à mente.

Ricardo aparece fechando o zíper e volta ao jipe.

– O que houve lá atrás, na casa dela?

Vejo se ela não está vindo antes de responder.

– Acho que eles queimaram os pais dela.

– Mas *vivos*? Ou infectados?

– Não sei.

– Agora ela sabe o que eu senti ontem.

– Sentiu mesmo? – provoco. Ele não responde.

Depois de alguns minutos, estranho a demora de Daniela.

– Já venho.

Sigo pelo mesmo caminho que ela, onde a vegetação é densa. Após uma curta trilha encontro-a ajoelhada, com as mãos no chão e a cabeça baixa.

– Daniela, você tá bem? – pergunto, me aproximando.

Há uma poça de sangue no chão. Em alguns pontos o líquido se mexe discretamente, como se algo caminhasse sob ele.

– O que aconteceu?

– Não sei... – ela responde, tremendo. – Eu... senti uma dor insuportável na... cabeça.

– E esse sangue? – pergunto, e tenho a resposta logo em seguida, quando Daniela cospe mais dele.

Olhando para as próprias mãos trêmulas, ela fala baixo.

– O que tá acontecendo comigo?

Por uma fração de segundos tenho a impressão de ver suas veias dilatarem nos braços, como se algo se movesse por elas. Daniela desmaia no mesmo instante. Tento reanimá-la, mas é em vão. Com dificuldade a carrego de volta ao jipe.

– O que ela tem? – Ricardo me ajuda a colocá-la no banco.

– Não sei. Ela estava sangrando pela boca. Não tenho certeza, mas acho que vi... Não, não vi nada. Ela só deve estar se sentindo mal por causa do cansaço.

Ricardo me entrega uma garrafa d'água, e tento fazê-la beber. Depois de várias tentativas, ela acorda engasgada.

– O que houve?

– Beba e fique deitada. Você vai melhorar.

Desobedecendo, ela sai e vai pra trás do carro com uma garrafa. Ouço-a esfregando as mãos e, provavelmente, outras partes do corpo. Recosto no banco e espero. Fecho os olhos novamente e tento não pensar em nada por algum tempo, temendo estar certo sobre o que está acontecendo.

Gritos distantes são os primeiros sons que ouço.

Sinto a dor nas costas como se uma lança tivesse perfurado meu corpo. Levanto todo dolorido e observo. A rua está vazia, exceto por duas garotas correndo a algumas quadras, fugindo de seus perseguidores e sumindo em seguida. Cadê a polícia nessa cidade? Aliás, cadê os funcionários do posto? Não sei que horas são, mas pelo sol no alto, já devia estar cheio aqui. Pior de tudo, como ninguém me encontrou caído aqui? As pessoas realmente não se importam mais com as outras hoje em dia. Ou acharam que eu era um bêbado, dormindo no lixo.

A lembrança da noite passada vem como um *flash*. O ataque do Sr. João, o guarda noturno morto, Juliana e eu fugindo pelo escritório, a queda. Por sorte os sacos de lixo amorteceram a queda. O que aconteceu?

Na entrada da loja, trombo com um cara alto e magro, de aspecto amarelado. Ele me encara ameaçador e eu revido sem abaixar a cabeça. Posso ver suas olheiras fundas ressaltando no rosto magro. O tribal tatuado no braço esquerdo lhe dá um ar de bandido. Logo depois, outros dois saem da loja.

– Vam'bora daqui, Amarelo! Eles podem aparecer sem a gente perceber.

– Fica esperto, rapá! – diz o tatuado, quase encostando o nariz no meu rosto. Em seguida eles se vão e somem na esquina adiante.

Entrando na loja de conveniência pela porta arrombada, constato que os marginais a saquearam. Pela vidraça assisto chocado um carro em alta velocidade atropelando uma senhora, que é arremessada contra uma árvore. Cinco pessoas perseguem o carro, parecendo fora de si. Não fazem questão de averiguar se a idosa está bem – duvido muito, vide a violência da colisão. Começando a sentir um pressentimento ruim, encosto a porta e vou até o telefone no caixa, disco o número de casa. Chama várias vezes e ninguém atende. Tento ligar para alguns conhecidos. Nenhum deles atende. Pego meu celular no bolso da calça e descubro dezenas de ligações perdidas. Ligo de volta, ação improdutiva.

Volto à vidraça e sou surpreendido por um homem se jogando contra ela. Assim que o sangue espirra, saio correndo, tropeçando em uma gôndola vazia, e chego aos fundos, seguindo para o depósito. Puxo um dos *freezers* e bloqueio a porta. Subo em outro e alcanço a passagem de ar logo acima. Com um impulso, a alcanço e saio, voltando à frente da loja. O mais sorrateiro que consigo, sigo até a esquina e vejo sangue por toda parte. Perto da bomba de gasolina, sobre o caixa dos frentistas, encontro um pé-de-cabra. Melhor que nada. Corro até a praça mais próxima, a mesma onde treinei *parkour* há alguns meses. Sinto morcegos no estômago quando vários estranhos surgem por entre as árvores e vêm atrás de mim. O que deu nesses malucos?

Correndo como nunca corri, vou em direção ao Mercado Principal, situado no meio de uma praça do tamanho de um quarteirão. Eles me seguem, decididos a me alcançar. Chego à parte de trás e entro por um estreito corredor, os loucos em meu encalço. Medindo cada detalhe com os olhos, bato o pé na parede e me impulsiono para a extremidade oposta, agarrando a borda do muro e subindo antes que possam me alcançar. Em segurança, os vejo se aglomerado, os braços em minha direção. Por que não subiram atrás de mim? Não dizem coisa com coisa, apenas emitem um som estranho. Como um lamento, a voz abafada. Agem como doidos, gritam raivosos. Os dentes à mostra, avermelhados pelo sangue que escorre de suas bocas. Estão sujos, feridos, e não parecem se importar. A única coisa que querem sou eu. Por quê?

Percorro o muro até o fim e eles tentam me seguir, mas um portão trancado os detém. Analiso a região em busca de ajuda. Ninguém. A maioria das casas e lojas está fechada. Alguns carros bloqueiam a passagem na rua, em uma recente colisão. Ainda há fumaça e um corpo caído no asfalto. Um homem aparece correndo e consegue entrar em sua casa antes que seus perseguidores o alcancem. Quatro pessoas esmurram a porta da casa em movimentos contínuos, incansáveis. Não sei o que aconteceu durante a noite, mas foi extremamente ruim.

Discreto, desço com o auxílio de uma grade e continuo correndo. Minha meta é chegar em casa.

Acordo assustado com a sensação de que estava caindo. Daniela está debruçada sobre o volante e Ricardo deitado no banco de trás, mexendo no *walk-talk*. Dormir não estava nos meus planos.

– Você está melhor, Daniela? – pergunto, me ajeitando.

Ela faz sinal de silêncio pedindo para que eu escute.

– *Código M2V1 ativo. Repito. Código M2V1 ativo. Os alvos seguem pela Washington Luiz rumo a Campinas. Exterminem tudo e todos que encontrarem. Não deixem nada vivo, exceto o alvo Beta* – ordena uma voz autoritária.

– Esperava boas notícias? – pergunta Ricardo, fazendo uma careta.

– Há quanto tempo estão dando essa ordem?

– Uns cinco minutos – responde Ricardo. – Que alvo *Beta* é esse?

– Não sei quem é o beta, mas sei quem são os alvos – pego o aparelho de Ricardo, aguardando novas ordens. – Precisamos chegar rápido a São Paulo.

Uma nuvem de poeira cobre o acostamento.

Capítulo 13

O PLANO MAIS ARRISCADO

– Quer mais?

Ricardo passa outro pacote de biscoitos. Sinto a boca seca devido a um pacote que acabei de devorar, tão rápido que nem senti o gosto. Tomo um gole de refrigerante morno e aceito o pacote, dessa vez decidido a comer mais devagar, saborear.

Daniela mastiga um sanduíche natural que estava envolvido em um plástico, o que deve ter preservado o alimento. Diz não ter sentido cheiro de estragado, mas eu jamais arriscaria. Preferi ir às porcarias. São menos saudáveis, mas duram mais.

Passamos por outras cidades nas horas seguintes. De longe, parecem mortas. Algo medonho de se ver. Duas delas estão tomadas por fumaça negra, completamente incendiadas, dificultando a visão na estrada. De acordo com as placas, se chamam São Carlos e Limeira.

Segundo o mapa, estamos perto de uma das cidades-limite da destruição. Campinas. O plano é nos ajeitar lá, e em seguida partir pra capital. Pelo céu de fim de tarde, chegaremos ao anoitecer, sempre uma hora crítica.

– Dani, vai mais devagar.

– O que houve?

– Tava demorando.

Ao longe, avisto o que deve ser um helicóptero. Dessa vez não temos camuflagem.

– E agora? – Ricardo pergunta, jogando uma lata vazia na estrada. – O que faremos?

– Entrar naquele posto.

Daniela acelera e logo chegamos ao posto na beira da estrada. O pequeno restaurante exibe as portas e janelas arrebentadas, algumas lâmpadas acesas na entrada. A mangueira da gasolina foi deixada caída, um fio molhado serpenteando no chão. Na lateral há uma grande e escura oficina.

– Entra ali.

Vejo o helicóptero passar minutos depois que entramos. Saio do jipe e me mantenho escondido. Com o som das hélices mais perto percebo o que está acontecendo. Eles estão descendo.

Daniela guia o jipe e para sobre uma parte metálica.

– Não vai adiantar fugirmos com o carro, Dani.

– Quem falou em fugir? Segura – ela arremessa a mochila, que pego no ar.

Em seguida cobre o jipe com uma capa preta e corre até um painel. Mexendo em alguma coisa, faz com que uma plataforma comece a subir lentamente, elevando o carro. Ouço vozes em meio ao som das hélices. Temos pouco tempo.

– Vamos por aqui.

Daniela nos guia por uma porta nos fundos. Nos vemos diante de um matagal denso. O helicóptero continua ligado, mas sei que eles desceram. De repente ouço uma voz masculina, gritando.

– O carro veio para cá. Talvez sejam eles.

Entreolhamo-nos, apreensivos.

– Se meu plano não funcionar, teremos que correr muito.

– Vai funcionar – torço. Fugir a pé de um helicóptero seria impossível.

Pela fechadura, vemos o elevador parar um segundo antes

de um soldado surgir na oficina, armado com um fuzil.

– Saiam de onde quer que estejam – grita ele, a esmo.

Ele vasculha os cantos do local, sem se importar com o veículo logo acima. Enquanto isso, chegamos à cozinha do restaurante, uma bagunça sem tamanho. A comida está estragada sobre a bancada, tomada por larvas e moscas.

Da janela podemos ver que o piloto e mais um soldado aguardam no helicóptero. Num piscar de olhos tenho uma ideia. Arriscada? Muito. Necessária? Demais.

O soldado olhou desconfiado para o carro suspenso. Eles não pensariam tão rápido, pensariam? Mauro era o tipo de pessoa que subestimava a inteligência das pessoas. Via-se como o único esperto do grupo, ainda que não o fosse. Se alguém conseguia resultados melhores que os dele, ele logo atribuía à sorte. Inteligente? Apenas ele.

Hoje esse pensamento seria posto à prova.

O som do helicóptero só fazia atrapalhar a averiguação. Nem conseguia ouvir a própria voz. Decidiu seguir até a porta nos fundos, oculta pela escuridão. Abriu-a com um chute e girou nos calcanhares. Não encontrou ninguém. Começou a pensar que havia visto demais devido ao cansaço. Nos últimos dias não conseguira descansar o bastante. A correria para conter o que acontecia no interior era tanta que não sobrava tempo para dormir mais do que o intervalo de turnos. Há semanas, fora convocado para uma missão especial e, apesar de não saber exatamente o que era, percebeu ser algo grande.

No momento em que pensou em voltar, notou uma movimentação em meio à vegetação. Instintivamente mirou o fuzil e chamou.

– Quem está aí?

Mauro deu apenas um passo sobre os cascalhos e não teve tempo de evitar a forte pancada na nuca. Apesar de ser um rapaz resistente, sentiu as pernas arquearem e teve que soltar a arma para apoiar-se no chão. Somente quando a zonzeira passou que percebeu que não soltara a arma. Ela tinha sido tomada por uma garota que mirava sua cabeça e não parecia estar para brincadeira. Ao virar de leve a cabeça, notou outra presença. Um rapaz com uma panela negra na mão. De onde o mato se movimentara surgiu um menino. Oriental. Parecia assustado, porém via-se claramente que estava satisfeito. Fora enganado e abatido por três fedelhos. Os mesmos que fora enviado para capturar. Pensou em revidar, talvez não soubessem manusear a arma. Não pareciam inteligentes. Então a garota firmou os braços e disse.

– Você é apenas o primeiro.

No helicóptero, Jean e Erico, soldado e piloto, aguardavam o retorno do companheiro.

– Ele está demorando demais – o soldado reclamou.

– Acho melhor ver se ele precisa de ajuda.

– E se aquelas coisas aparecerem? – Jean já vira os infectados e quase borrara as calças de medo. – Eu não vou sair daqui. Ele que quis descer.

– Belo soldado você, hein – caçoou Erico. O piloto já presenciara cidades tomadas pelos infectados, mas vê-los de uma altura segura é diferente de ser cercado por um bando deles.

– Antes uma merda de soldado vivo do que um soldado corajoso morto.

Jean sabia que não era a melhor postura a ser tomada por alguém como ele, mas o medo de ser cercado novamente era maior. Escapara da morte há poucos dias e não queria sentir aquela angústia mais uma vez.

– Lá vem ele.

O soldado voltava sozinho. Pelo jeito não encontrara nada. Ajeitava a boina enquanto fazia sinal para partirem. Jean pendurou o fuzil nas costas e se preparava para subir no helicóptero quando sentiu algo lhe encostar ao mesmo tempo em que viu uma expressão assustada no rosto de Erico.

– Por favor, não atira!

Ajoelhado, o soldado implora pela vida. Por um momento vislumbro um brilho diferente no olhar de Daniela. Chego a duvidar se ela vai ou não atirar. Já a havia presenciado em ação contra os zumbis, sabia que tinha sangue frio. Mas seria assim com pessoas vivas também?

Antes que ela pudesse fazer algo que nos colocasse em problemas maiores, decido agir e mais uma vez golpeio a cabeça do rapaz com a panela. Ele cai desfalecido aos pés de Daniela, que continua mirando a arma.

– Já pode baixar isso.

Com a ajuda de Ricardo, nós o arrastamos para a oficina, e rapidamente começo a despi-lo.

– Acha que eles não vão perceber, Tiago?

– Temos quase a mesma altura – tirar a camisa é mais complicado. – Sou mais magro, mas está ficando escuro. Espero que não.

Visto-me com o uniforme camuflado por cima da roupa já fedendo a suor. Dani entrega o fuzil um tanto relutante.

– Vai ser rápido – tento tranquilizá-los, apontando o soldado. – Ele nem terá tempo de acordar.

Ajeito o boné a fim de cobrir parte do meu rosto e saio, o coração a mil.

– Mãos na cabeça!

Tento camuflar o medo falando mais grosso do que o normal. Mantenho o fuzil nas costas do soldado e percebo que, apesar do piloto também estar imóvel, ele está prestes a tentar alguma gracinha.

– Você! Se tirar as mãos de onde eu possa ver, mato os dois.

– Calma, garoto – o piloto lança alguns olhares para o soldado, como se dissesse "ele vai atirar mesmo."

Nem preciso chamar Daniela. Rapidamente ela vem com Ricardo, o garoto visivelmente assustado.

– Se afasta do helicóptero, devagar!

Conduzo o rapaz com as mãos na cabeça até dois metros adiante. Nesse meio tempo, Daniela se apossa do outro fuzil e mantém o piloto na mira.

– Cadê o Mauro? – pergunta o soldado, ainda de costas.

– Cala a boca!

Vou até Daniela e trocamos de posição. Eu com o piloto e ela com o soldado.

– Você vai nos tirar daqui e nos levar a São Paulo.

O homem de pele bronzeada e nariz quebrado, com um uniforme totalmente preto e óculos escuro, faz menção de retrucar, mas desiste ao ver o balançar do fuzil em direção ao seu peito. Jogo a mochila na parte de trás e mando Ricardo entrar. Ele encara o piloto, não tentando enfrentá-lo, mas com medo de virar objeto de troca. O homem entende que não estamos brincando, não tenta nada.

– Vocês vão me deixar aqui? – pela primeira vez, vejo o

rosto do soldado quando ele se vira. Não deve ter mais de vinte e cinco anos. Os olhos quase saltando das órbitas estão a ponto de derrubar lágrimas. – Por favor, não me deixem no meio deles.

Com certeza ele já viu os infectados de perto. Basta uma única vez para nunca mais esquecê-los.

– Você fica quietinho aí! – Daniela passa a mirar na cabeça do pobre coitado, a voz rouca de ódio.

Por um breve momento, sinto misericórdia, mas não estou disposto a correr mais riscos. Talvez essa seja nossa única chance de sair desse inferno. Confiar na pessoa errada colocaria tudo a perder. Fecho olhos e ouvidos para as súplicas do soldado e subo no helicóptero, o piloto ainda como alvo.

– Dani, vem!

Ela recua de costas e sobe.

– Vai – ordeno. O piloto obedece sem pestanejar.

Logo o soldado fica do tamanho de um inseto. Não sinto um pingo de vontade de dar uma última olhada para meu passado, minha vida. Vida essa que não existe mais.

Jean correu até o restaurante em busca de um telefone. Precisava de ajuda urgente antes que aquelas coisas aparecessem. Não conseguia conter o choro. Parecia uma criança que apanhara dos pais por não se comportar.

Percebendo que em minutos a noite chegaria, lembrou-se de Mauro e foi até a oficina. Diante da cena, teve certeza que o choro não cessaria tão cedo.

Mauro estava no chão, apenas de cueca. No lugar da cabeça jazia uma pesada caixa de ferramentas, onde um círculo de sangue formava-se.

Alguns minutos depois, Jean estaria correndo na estrada, solitário, e desmaiaria num misto de medo e cansaço, sendo atropelado por um caminhão. O motorista pensaria tratar-se apenas de um animal ou um infectado abatido, e não pararia para verificar.

Capítulo 14

SEQUESTRO NOS CÉUS

– Falta muito, Tiago?

Ricardo pergunta mais uma vez, aflito. Não sei se pela altura ou se pelo fato de termos um homem sob a mira de um fuzil. Não conheço muito bem a região, então me limito a balançar a cabeça negativamente.

– Não vamos conseguir passar pela base sem que percebam.

Erico Viana, nome impresso em um broche no peito do piloto, tenta prevenir, mas estou disposto a correr riscos para dar um fim a esse filme de terror. Os militares deviam nos ajudar. Em vez disso, são piores que os canibais. Evito conversar. A atenção é destinada unicamente a ele. O restante dela utilizo para observar a área. A curiosidade pela cidade grande fala mais alto.

– Por que vocês querem a gente?

O homem engole em seco antes de responder.

– Só sigo ordens.

– De quem?

– Dos superiores, de quem mais seria?

– Desembucha logo! – Daniela chuta o encosto do banco, irritada com as respostas lacônicas.

Ele me encara mais uma vez.

– Já ouviu falar em hierarquia? Fomos ordenados a procurá-los e levá-los à base. Disseram que são foragidos do incidente no interior e que é perigoso ter contato.

– Parecemos infectados?

Ele não fala nada.

– Responde! Parecemos com aqueles monstros?

Ele balança a cabeça em negativa.

– Não vamos conseguir passar de Campinas. Chegaremos à base em dois minutos e serei obrigado a descer.

– E eu serei obrigado a te dar um tiro na testa.

– Algum de vocês sabe como guiar um helicóptero?

– Óbvio que não. E você, o que prefere? Morrer de tiro aqui em cima ou lá embaixo? Se estamos infectados, você agora também é uma ameaça para eles, não acha?

Meu esforço para amedrontá-lo surte efeito. Apesar de um imperceptível sorriso, ele não expõe maiores argumentos e continuamos viagem.

Como dito, em dois minutos avistamos uma grande base militar na entrada de Campinas. Lembra um formigueiro de tão alvoroçada. Jipes e caminhões militares chegam e saem o tempo todo. Já sobre o centro da cidade, Erico alerta.

– Tenho que falar com eles, do contrário será pior.

Receoso, indico que sim, a arma empunhada.

– QRA Erico. QAP.

– Segue, QRA base.

– Positivo, mantendo contato visual.

– QRD.

– Venho de Campinas, viagem interrompida.

– Você realizou a captura dos elementos?

O piloto pensa por um tempo, e presto atenção em cada código, sem entender bulhufas. Temo que ele conte o que está acontecendo através de linguagem militar. A conversa continua.

– Negativo. Permissão para reparo de motor.

– Permissão cedida.

– QRB.

– Vinte quilômetros. QRT.

– Cesse a transmissão.

Permanecemos calados por um tempo, então pergunto.

– E aí? O que disse a eles?

– Eles pensam que vou descer para reparar o motor e que estou há vinte quilômetros de distância. Isso vai apenas evitar que eles me questionem antes, pois logo perceberão que eu não desci e mandarão alguém.

Dito e feito. Após ultrapassarmos os limites da cidade, a mesma voz começa a chamar no rádio. Antes que ele possa atender, Daniela arrebenta o transmissor com uma pancada.

– Resolvido. Não precisa falar mais nada agora.

– Você não devia ter feito isso. – Parece sincero no que diz.

– Dani, é melhor se acalmar.

Mesmo Ricardo, que a conhece há pouco tempo, sabe que ela tem se comportado de modo agressivo. Um ataque de fúria desses na hora o lugar errados pode nos matar. Vou ficar de olho nela a partir de agora, e tentar não pensar no pior.

Bocejo insistentemente a partir dos quinze minutos de viagem. Cair no sono está na lista de desejos, mas não nos meus planos. Me deixa louco pensar que não conseguirei dormir tão cedo. Ainda há muito que andar.

– Vou deixar vocês no Jaraguá.

– Onde? – nunca ouvi falar no lugar.

– Parque Estadual do Jaraguá. É o ponto mais alto de São Paulo. De lá vocês podem seguir para qualquer parte da capital pegando a Bandeirantes.

Apesar de ter uma arma apontada para a cabeça, Erico não parece contrariado em nos levar. Parando pra pensar, em nenhum momento tentou revidar. Pode ser uma tática para nos fazer confiar nele e então ficar mais fácil de nos abater. Nunca saberei.

Percebo uma alteração considerável na velocidade quando o vento bate mais forte no rosto.

O tal pico surge adiante. A vegetação abundante toma completamente o parque. Duas torres elétricas despontam no alto, próximas da pequena pista onde Erico pousa.

– É aqui. Vão rápido.

Descemos ligeiros, Daniela e Ricardo na frente. Antes de ir também, encaro o piloto uma última vez. Um olhar silencioso, cheio de palavras. Sinto necessidade de agradecer, ainda que o tenhamos obrigado a nos trazer. Um breve e mútuo aceno de cabeça é tudo o que acontece. Sigo os dois enquanto o helicóptero some nos céus.

Capítulo 15

Livres?

Se a última noite estava fria, essa está congelando a alma.

Decidimos não seguir pelo asfalto. Todo cuidado é pouco, e não queremos cair em uma emboscada. Adentramos o bosque e os tombos que levamos na terra molhada nos deixa completamente sujos. Depois de uma difícil caminhada, chegamos à beira de uma lagoa. Por sorte não avistamos ninguém. Provavelmente o parque já esteja fechado. Acredito ser mais de vinte horas. Estamos sujos, machucados, assustados e famintos, mas felizes. Ou talvez seja alívio após a tensão. A falsa impressão de que agora estamos bem.

Lavamos os braços e pés e partimos novamente. Passamos por uma ponte de madeira sobre um riacho, uma trilha iluminada por postes, cortamos novamente por entre as árvores, e finalmente chegamos à saída. Uma placa indica a direção à capital, e é pra lá que nós vamos. Evitamos andar muito próximos ao acostamento para não chamar atenção.

Tropeçando nos próprios pés de exaustão, avistamos uma área comercial. Alguns bares ainda abertos com grupos falando alto e bebendo cerveja. Entramos por uma rua pouco movimentada e caminhamos até encontrarmos um pequeno hotel, trinta reais a diária. Aperto a campainha uma vez e espero. Alguém olha pela fresta da janela no segundo andar e some rapidamente. Aguardo um tempo esperando que venham nos receber, mas percebo que ninguém cederá um quarto para três jovens com a nossa aparência. Devem achar que somos bandidos.

Sentamos no banco de uma praça, suspirando.

– Estou morto – Ricardo tira a botina e exibe várias bolhas estouradas nos pés.

Daniela faz o mesmo e aplica uma massagem.

– Pelo menos estamos livres.

– Será? – Daniela lança um olhar desanimado. – Não podemos dar mole, senão acaba pra nós.

– Vamos superar, você vai ver. O pior ficou para trás.

Tento confortá-la com palavras que nem em mim surtem efeito. Estamos longe dos canibais, mas ainda não me sinto tranquilo. Por uma fração de segundo imagino que estava mais seguro em Jaboticabal. Até mesmo naquele freezer. Será que uma vida como fugitivo trará pelo menos um pouco mais de paz?

Na mochila descubro que pouca coisa sobrou. Comemos o resto e dividimos a última garrafa de suco. Dou uma vasculhada rápida na praça e chegamos ao consenso de que teremos que passar a noite atrás de um aglomerado de arbustos, apenas uma grande caixa de papelão como abrigo.

Abraçados, iniciamos uma batalha contra o maldito frio.

Essa foi a noite mais longa da minha vida.

Não consegui pregar os olhos por um momento sequer. Passei as intermináveis horas pensando em tudo o que eu vivi nas últimas semanas e o que poderá acontecer daqui para frente. É difícil aceitar que minha vida nunca mais será igual. Serei forte para enfrentar um futuro tão sem esperança?

Acordo Ricardo e Daniela e levantamos acampamento. Ainda sujos, entramos no primeiro bar que encontramos. Três pães com manteiga e três pingados são o nosso café da manhã. As pessoas nos olham intrigadas. Não as culpo. Antigamente eu também olharia.

No mesmo quarteirão, um brechó vem a calhar. Escolhemos algumas roupas e nos trocamos ali mesmo. Agora estamos menos feios. No mínimo, chamaremos menos atenção. Algumas quadras adiante vemos outro hotel. A senhora que nos atende é muito simpática.

– Bom dia, meus queridos! Parecem cansados. Chegaram de viagem?

– Sim – respondo, um sorriso desanimado.

– De onde vocês são?

Por um triz quase digo a verdade, mas sinto que é melhor mentir.

– Somos de Minas Gerais.

– Seu sotaque não engana – ela brinca. – É uma graça o jeito que vocês falam.

Daniela olha a mulher de cima a baixo, pronta para arrumar encrenca. Eu me adianto.

– Precisamos de um quarto pra três por dois dias. Estamos muito cansados mesmo.

– Sem problemas, meu anjo.

Pago a estadia e vamos direto ao quarto, deixando-a sorrindo sozinha na recepção. Há três camas de solteiro e quase não há espaço entre elas, de tão pequeno que é o quarto. Tomo um banho quente rápido. Minha vontade era de ficar embaixo dessa água deliciosa o dia todo, mas a cama está gritando meu nome. Ignoro meu estômago roncando e caio de cara no travesseiro. O sono chega antes que eu puxe o lençol.

Quando acordo, é noite. Consegui dormir o dia todo e ainda me sinto cansado. Daniela continua dormindo. Mas onde está Ricardo?

Espreguiçando-me, levanto e vou ao banheiro. Um feixe de luz sai pela fresta da porta. Vejo Ricardo apoiado na pia, olhando no espelho.

– Rick – abro a porta lentamente. – Posso entrar?

Ele não responde, apenas continua olhando fixamente para o espelho. Caminho até ele e, incrédulo, vejo seu reflexo. As veias de seu rosto parecem mover-se sob sua pele, enquanto seus olhos reviram, ocultando as retinas e deixando-os completamente brancos.

– Caralho! – grito.

Num repente, ele cospe sangue no espelho. Limpando a boca com as costas da mão, vira-se devagar.

– Cara... Eu não tô me sentindo bem – ele vacila, mas eu o seguro, evitando a queda.

– O que houve?

– Não sei – ele geme enquanto o levo de volta à cama. – Eu pensei que fosse vomitar e corri pro banheiro. Então, senti meu sangue ferver e vi minhas veias estufando. Achei que fosse morrer.

– Você vai ficar legal.

Ajudo-o a se deitar. Ele adormece rápido.

Lembro do ataque de Daniela na estrada. Foi idêntico ao que vi agora. Mas o que há com eles? Será que estão infectados? Talvez a mordida não seja a única forma de transmissão, afinal. O fato é que nem ele nem ela se transformaram de imediato, como aconteceu nos casos que presenciei.

Preocupado, minha teoria de conspiração volta à mente.

Tenho que pensar em um plano B, caso as coisas saiam do controle.

Tomo outro banho, dessa vez com mais calma. Como eu precisava disso! Achei que nunca mais me livraria dessa sujeira toda. Fico tanto tempo sob a água que meus dedos chegam a enrugar.

Mais tarde, deixo-os dormindo e saio, indo até uma lanchonete onde peço uma refeição rápida: arroz, feijão, bife com queijo e fritas e um suco de laranja. Como devagar, saboreando cada garfada. Chego a suspirar, sentindo o estômago inchar.

De repente, vejo o dono do estabelecimento me olhando de um modo estranho. Tento ignorá-lo, mas alguns clientes me olham do mesmo modo. Um deles desvia o olhar e se vira pra TV, em um suporte na parede. Sem entender, olho também. Chego a engasgar.

– Três jovens são procurados por assassinato de militares, sequestro e furto. O exército está oferecendo recompensa. Mas cuidado: eles são extremamente perigosos. Repito. São extremamente perigosos! E podem estar infectados.

Uma foto mostra Daniela, Ricardo e eu, nossos nomes abaixo.

Capítulo 16

Acuados pelos vivos

Tento continuar indiferente, mas ver minha foto como procurado na TV foi um choque. Noto que as coisas vão esquentar quando um dos clientes compartilha um olhar com o dono do estabelecimento no balcão e faz um sinal discreto, mas não o bastante para que eu não perceba.

Abaixo a cabeça e olho sutilmente ao redor. A tensão toma conta do local enquanto sinto o coração acelerar. Vejo-os levantando devagar e vindo em minha direção, enquanto dois bloqueiam a saída. Num repente, atiro-me para trás e corro para os fundos, trancando-me no banheiro. Pancadas fazem a porta tremer, e me pergunto quanto tempo ela resistirá.

Não há saída, apenas a pequena janela, por onde nem meu braço passa direito. Olho ao redor. O que farei?

Debruço-me sobre a pia e olho no espelho. Uma veia pulsa em minha testa, enquanto o suor desliza pelo meu rosto. Cerro os dentes e num impulso, dou uma forte cotovelada contra o vidro, fazendo os estilhaços se espalharem pelo chão. Pego um grande pedaço que ficou sobre a pia, enrolo papel higiênico em minha mão e seguro firme. É a melhor arma que posso improvisar.

Rápido, abro a porta do banheiro e vejo-os investir, mas param quando notam o pedaço de vidro em meu poder.

– Se alguém chegar perto eu mato – ameaço.

Não sei se teria mesmo coragem de matar algum deles. Espero não descobrir. Na primeira oportunidade, sigo até a saída enquanto tentam me cercar. Vejo que ainda há um homem tentando bloquear a porta. Sem dar tempo para pensarem, viro uma mesa contra eles e pico a mula. O que está na porta ainda tenta me impedir, mas quando vê o vidro, libera a passagem. Sem olhar pra trás, corro ladeira abaixo e viro em uma esquina qualquer. Percorro duas quadras e quando sinto que ganhei vantagem, me escondo atrás de um muro.

Aguardo um minuto antes de sair do esconderijo e voltar ao hotel.

Na recepção, noto que a senhora, antes simpática, me olha de modo suspeito. A TV do saguão está no mesmo canal do bar. Com certeza ela sabe.

– Boa noite – cumprimento, fingindo naturalidade.

Ela apenas emite um som abafado. É melhor ser rápido. Subo a escada de três em três degraus e corro direto para o quarto.

– Já começou, não é? – pergunta Daniela, sentada no sofá, em frente a TV.

– Sim.

– Cara, eles dizimaram ainda mais nossa cidade! – grita Ricardo, ajoelhado sobre a cama.

– Como assim?

– Eles estão usando o argumento de que havia um vírus na água, o que causou a morte de muita gente – explica Daniela, com um tom angustiado.

– Vírus na água? – não entendo nada.

– Segundo os noticiários, um vírus desconhecido se espalhou pela água nas cidades do interior e contaminou a população. Como a doença era contagiosa, ninguém sobreviveu.

– Mas e a história do cachorro? – pergunto.

– Nada. Disseram que o vírus torna as pessoas violentas, atacando umas as outras. Sem escolha, pelo fato da doença ser irreversível, o exército recebeu ordens de manter as cidades fechadas, onde todos se mataram.

– Cara... – engasgo. – Mas que porra tá acontecendo?

– O exército informou que o vírus foi contido nas cidades e não há mais risco de contágio. Ninguém sobreviveu, exceto três foragidos que atacaram, mataram alguns soldados e escaparam.

– Ou seja, os três patetas aqui – sinto o sangue ferver.

– Estão dizendo que somos perigosos, pois estamos infectados e podemos passar o contágio adiante. Nos querem vivos e oferecem recompensa – finaliza Daniela.

– Óbvio que tudo isso não passa de mentira – grito de raiva. – Só não entendo porque esconderam a verdade. Abigail disse que começou na UNESP.

– E quem garante que ela disse a verdade? – Daniela lança a dúvida.

Pronto! Já não bastasse ter que fugir de monstros assassinos e soldados, agora teremos que fugir da população de São Paulo. Quando esse pesadelo vai acabar? Sinto vontade de explodir.

– Bom, pelo jeito muita gente assiste o noticiário por aqui – respiro fundo. – A dona do hotel me olhou estranho quando cheguei, e a TV estava no jornal. É melhor irmos embora.

– Só estávamos esperando você chegar pra dar no pé – fala Ricardo, pulando da cama. Nesse instante, abro a porta e ouço vozes vindas da escada.

– Eles estão no quarto doze – a voz da velha nos entrega.

– Peço que fique aqui, senhora – um homem fala, e logo em seguida, passos apressados sobem os degraus.

– Teremos que encontrar outra saída – tranco a porta.

Corro até a janela e a abro. Não é tão alto até o chão. Pronto para explicar o plano aos dois, ouço pancadas contra a porta.

– Droga! – resmungo baixo.

Após algumas investidas, o cômodo é invadido. O primeiro vê a janela aberta e corre até ela, olhando pra fora.

– Eles fugiram! – grita.

Quando ouço as vozes na rua ordenando que nos encontrem, saio de dentro do guarda-roupa devagar, me certificando de que não há mais perigo. Em seguida, Daniela se arrasta de debaixo da cama, ajeitando a roupa. Ricardo vem do banheiro.

Pego a lista telefônica e percorro o mapa com os olhos. Depois, folheio as páginas amarelas e pego o telefone, discando.

– Alô! – falo baixo e ofegante. – Vocês estão procurando os três foragidos do incidente no interior?... Sim... Eles estão escondidos nos fundos da minha casa.

Daniela me olha intrigada.

– Sim, anota o endereço – passo o endereço que consta na lista. – Venham rápido antes que eles me façam mal.

E desligo. Volto à janela e me mantenho escondido. Em menos de um minuto, ouço o rádio da viatura estacionada apitar, e o policial em frente ao hotel correr. Em seguida, ele chama seus parceiros, avisando que nos encontraram a algumas quadras.

– É nossa deixa.

Saímos pelo corredor e andamos nas pontas dos pés. A única saída é pelo saguão. Próximos da escada, vejo nossa delatora subindo. Faço sinal para manterem silêncio e nos escondemos em outro corredor. Ela deve ter vindo buscar a chave, pois passa reto e vai direto ao quarto em que estávamos. Não há mais tempo. Descemos os degraus quase correndo e vamos pelo lado oposto, andando rápido. Correr chamaria muita atenção. Logo chegamos a uma praça abarrotada de gente, uma feira, onde nos misturamos à multidão. Algumas quadras adiante, pegamos um ônibus em direção à capital.

Sentamos no fim do corredor de uma lanchonete onde resolvemos almoçar. Fica de frente para uma grande praça, gente que não acaba mais. Praça da Sé. Grupos de mendigos pedem esmola na escadaria de uma enorme catedral.

– Vocês acham que a doutora mentiu sobre o real motivo do incidente? – pergunto.

– Se mentiu é porque tem culpa no cartório – Daniela tempera a salada enquanto fala. – E se o vírus não foi transmitido por cachorro nenhum?

– Faz sentido – Ricardo toma um gole de seu refrigerante. – Não vi nenhum animal agindo como as pessoas infectadas. Pelo contrário, os poucos cães e gatos que vi estavam mortos.

– E imaginem o seguinte – começa Daniela. – Um humano passa o vírus para um cachorro. O cachorro ataca um gato, que infecta um rato. O rato leva a epidemia pros esgotos, e todos os ratos são infectados. O sistema de esgoto da região é bem mais amplo do que somente as cidades que foram destruídas. O vírus já teria alcançado São Paulo há muito tempo. Isso sem mencionar as aves e insetos. Se animais ficassem como os humanos, nós não estaríamos vivos agora.

– Então, se isso tudo não começou com um cão... – indago, deixando o osso da bisteca no canto do prato. – ... Como começou?

Nenhum de nós tem a resposta. Em silêncio, decidimos terminar o almoço o mais rápido e procurar logo outro quarto.

Capítulo 17

Uma difícil adaptação

Correndo pelas ruas, ouço gritos incessantes. Parece que a cidade foi alvo de um ataque terrorista. Carros batidos, sangue na entrada das casas, cadáveres pelo caminho. A imagem me faz recordar os filmes de terror de que tanto sou fã. É bem diferente quando se está dentro de um. E é difícil acreditar que esteja acontecendo na vida real.

Virando uma esquina, trombo com um rapaz. Surpreso, vejo que é Júnior, um dos meus poucos amigos.

– Cara, você tá bem? – pergunta ele, me pegando pelo braço.

– Estou – e puxo o braço. Odeio quando me pegam. – O que está acontecendo?

– Não sei. Tá todo mundo se matando! Aconteceu muito rápido. Vamos embora daqui! – e pega meu braço novamente.

– Pra onde? – e torno a puxar meu braço. – Eu vou pra casa ver se meus pais estão bem.

– Você é louco? – grita ele, olhando afobado sobre o ombro, verificando se não há ninguém por perto. – Não dá pra voltar pra lá. Todo mundo enlouqueceu!

– Não! – grito, já perdendo a calma. – Minha mãe talvez esteja bem. Eu preciso...

– Então vai, Tiago! – grita ele, com desprezo. – Vai e se mata! Eu vou é sair daqui.

Que idiota! Como ele consegue falar assim? Será que ele não pensa em sua família também?

Quando volto a correr, ouço a voz de Júnior, gritos. Vejo-o ser atacado por duas garotas enlouquecidas. Uma tira um pedaço de carne do pescoço, a outra arrebenta os dedos de sua mão direita com os dentes.

Porra! Que merda é essa?

Devo ter gritado o palavrão, pois atraio a atenção delas. Elas deixam Júnior agonizando no asfalto e vêm em minha direção, gritando feito animais. Engulo em seco e começo a correr. À medida que avanço, mais estranhos passam a me perseguir. O som que emitem faz minhas pernas bambearem, mas me mantenho firme na fuga.

Viro uma quadra e pulo por cima de um carro batido no poste. Não há tempo para desviar. Passo em frente ao Ginásio de Esportes e até penso em entrar e me esconder, mas quando vejo uma dezena deles sair pelo portão principal, descarto a ideia. Poderia subir nas árvores adiante, mas é impossível chegar lá. Há muitas pessoas vagando pelo gramado e, quando me veem, se juntam aos meus perseguidores, que não são poucos.

O fôlego começa a faltar. Já estou correndo há uns bons minutos. Se eu não parar pra respirar, vou acabar desmaiando. Sinto-os próximos e viro em uma rua, derrapando, fazendo um deles tropeçar em minha perna e cair de queixo no asfalto. Recomponho-me rápido e continuo ladeira abaixo. A descida é íngreme o bastante pra me fazer perder o controle e tropeçar. Consigo dar um rolamento e ficar de pé novamente, cheio de arranhões. Não devia ter parado de treinar Parkour, mas pelo visto não estou tão enferrujado quanto pensei. Na hora do aperto...

Mantendo a corrida e percebo que não conseguirei subir a próxima rua rápido o suficiente pra fugir deles. Fazendo uma curva fechada em direção à ponte na baixada, bato o pé na grade da beirada e pulo. A queda é bem alta. Caio de barriga na água, quase batendo a cabeça numa pedra bem próxima.

Lá em cima, os malucos estão berrando, apoiados na grade. Não sinto que vão bancar os para-quedistas sem para-quedas, como fiz há pouco, mas é melhor não arriscar. Levanto rápido e sigo pela margem, enchendo os tênis de barro. Os gritos ficam pra trás, sumindo após um tempo.

Pelo caminho, consigo ouvir o desespero das pessoas na cidade. Gritos de socorro, de dor. Não serei eu quem os ajudará. No momento só quero saber da minha família. Se Deus quiser estarão bem. Ele há de querer. Torço para que minha mãe tenha se trancado com minha vó e minha gatinha, Myuki. E meu pai? Será que chegou a tempo de protegê-las? Ou ainda estará viajando? Nunca sei quando ele está em casa ou fora. Espero mesmo que estejam todos bem, são tudo o que tenho.

Numa curva, desvio de galhos baixos e me deparo com um carro atolado dentro do riacho. Há uma mulher dentro dele, debruçada sobre o volante, o para-brisa manchado de sangue. Percebendo minha aproximação ela procura até que me encontra. O cinto de segurança impede que ela saia, ainda que se debata muito. Há um ferimento feio em seu rosto, como uma mordida que arrancou parte da bochecha e parte do lábio, deixando a gengiva à mostra. Pelo olhar de ódio, parece possuída. Melhor eu me apressar. Cintos de segurança são resistentes, mas não são de aço.

Dez minutos depois, chego aos limites do meu bairro. Estranhos e alguns dos vizinhos vagam pela praça principal em direção a outro grupo que rodeia uma casa mais próxima. Por sorte moro na primeira casa da quadra. É só atravessar a rua e estarei a salvo. Sorrateiro, consigo passar despercebido, graças a Deus. Ao encontrar o portão trancado a chave, meu coração se enche de esperança. Sem dificuldade, escalo o muro e pulo para o quintal.

– Mãe – chamo, num sussurro, próximo à porta da cozinha. – Sou eu.

Bato na porta de vidro e aguardo. Nada.

Vasculho meu bolso e pego minha chave. Não sei como não a perdi pelo caminho. Encaixo-a na tranca e giro a maçaneta devagar, sem fazer barulho algum. Com passos silenciosos, vou até o corredor e o atravesso, chegando à sala. Ninguém. Está tudo em seu lugar, sem sinal de ataque. Verifico os quartos. Tudo escuro. Será que fugiram?

Vou até meu quarto e ligo o computador, meu vício. Agora é necessidade. Por algum motivo a internet não conecta. Reinicio pra ver se resolve, mas realmente não funciona. Sento em minha cama, fecho os olhos por um momento, as mãos na cabeça, quando ouço um barulho vindo do quarto dos meus pais. Num pulo me levanto. Cauteloso, pego debaixo da cama uma barra que usava pra fazer exercícios. Com passos curtos, vou até o quarto no fim do corredor. Com mais medo do que coragem, ergo a barra e acendo a luz.

Na semana que segue, nos tornamos nômades. Pagamos um quarto por noite e logo pela manhã vamos embora. Ricardo fica encarregado de buscar comida, pois é mais difícil ficarem de olho em um moleque. Ainda mais um japonês. Passo a andar de boné e óculos escuros, cobrindo boa parte do rosto. Ricardo faz um moicano baixo, bem diferente do cabelo tigela liso e comprido que tinha. Daniela usa uma tesoura de costura e corta ela mesma os cabelos, bem curto e com uma franja longa, mudando bastante a aparência. Até me assusto com o novo visual. Vendo-a sorrir, com a franja caindo no rosto, retribuo.

Em diversas quadras há cartazes colados nos muros e postes com nossas fotos. O "*Procura-se*" me assusta no início, mas acabo me acostumando, apenas evito passar perto.

Discutimos sobre ir embora de São Paulo. Alguma cidade pequena perto de Curitiba, talvez. O difícil é conseguirmos isso. Na rodoviária pediriam documentos que não temos mais. Não podemos tirar novos e não sabemos como arrumar falsificados. Somos indigentes.

Os noticiários falam sobre nós todas as noites, orientando a população a tomar cuidado, pois somos perigosos. Malditos programas de televisão que fazem render a mesma notícia. Há militares em todas as saídas da cidade verificando quem entra e quem sai. Não é permitido atravessar o limite das áreas de contenção. Foi criada também uma área proibida nos céus, mudando a rota de várias empresas de viagem. Os habitantes que estavam fora, viajando ou trabalhando, são obrigados a voltar para casa ou encontrar um local alternativo para ficar. Caso não exista essa possibilidade, o governo providenciará uma moradia provisória até que tudo seja resolvido. O que não consigo entender é por que nos querem tanto. Não é possível que sejamos os únicos a ter fugido das cidades infectadas. Será que tem a ver com as crises de Ricardo e Daniela? Talvez não queria acreditar, simplesmente, mas fica cada vez mais difícil negar a verdade.

Certa noite, Daniela tem outro ataque. O mesmo que a fez cuspir sangue no prédio que nos escondemos. Dessa vez é mais forte, e penso que será seu fim. Mas ela acorda no dia seguinte melhor, como se nada tivesse acontecido. As veias voltaram ao normal, assim como seus olhos. Dá medo quando acontece. Será o vírus se manifestando de outra maneira? Se não fomos infectados pelos canibais, só resta uma opção possível.

Ricardo sofre o mesmo ataque duas noites depois. Com ele não é tão forte quanto fora com Daniela, mas ainda assim é preocupante. Nunca vi uma doença que desse a impressão de que alguma coisa desliza pelas veias enquanto os olhos reviram. É medonho. Em determinado momento me imagino sozinho novamente. E se um dos dois morrer? Ou os dois? Não posso me apegar. Nunca fui de me apegar a amizades, porque seria agora?

Numa tarde quente de domingo, Daniela e eu estamos vendo TV em um quarto de uma pensão, em um momento raro de tranquilidade. Percorro os olhos pelas páginas de emprego de um jornal, sabendo que enquanto não conseguir uma nova identidade não poderei voltar a trabalhar. O dinheiro que temos é o suficiente para vivermos bem nas próximas semanas, mas não será eterno. Talvez eu consiga algo que me mantenha escondido o dia todo, como em uma fábrica, ou talvez algum emprego noturno. Seria o mais recomendado. Tem tanta gente trabalhando ilegalmente na capital que não deve ser difícil conseguir algo parecido.

Enquanto Daniela assiste a um jogo de handebol num canal de esportes, o olhar sonhador, Ricardo aparece na porta.

– Onde você estava? – pergunto. Ele saíra há uma hora e meia sem avisar para onde ia.

– Fui à *Lan House*, e consegui conversar com um amigo, aquele com quem falei quando os ataques começaram em nossa cidade.

– Cadê ele? – pergunto desconfiado, me levantando. Confiar nas pessoas não é algo muito fácil.

– Conversamos por MSN, seu tonto – e continua extasiado. – Eu contei pra ele toda a verdade e ele disse que vai nos ajudar a sair de São Paulo.

– Você fez o quê? – Daniela se desconcentra do jogo.

– Ele disse que acredita na gente e que pode nos levar pra longe daqui, mas teremos que nos virar depois.

Por um tempo penso que a sorte talvez não tenha nos abandonado de todo, mas decido não ir com tanta sede ao pote.

– Rick, não sei...

Daniela e eu nos entreolhamos, indecisos. Confiar ou não?

A discussão dura quase uma hora, tempo de pesarmos os prós e os contras. Tentamos bolar uma saída caso o planejamento não dê certo, enquanto Ricardo faz planos para quando conseguir sair de São Paulo. Ele é muito otimista. Eu também costumava ser, mas há diversos pontos de vista no momento. No final das contas, decidimos conhecer o sujeito. Pode ser uma boa. Não podemos fugir a vida toda.

Com o endereço anotado em um pedaço de papel, pegamos o metrô em direção à Zona Leste. O amigo desconhecido mora em um bairro afastado, próximo à avenida Radial Leste. Ricardo parece realmente uma criança, todo animado. Como a cabeça dele deve ter mudado com tudo isso? Apenas dezesseis anos e já presenciou tanto terror. Só o fato de ser obrigado a atirar na própria mãe deveria tê-lo deixado louco. Estranhamente, não parece tê-lo afetado.

Capítulo 18

Emboscadas

O lugar não fica distante, é apenas complicado de encontrar em ruas estreitas e escuras que mais parecem um labirinto. As pessoas nos encaram como se quisessem nos intimidar. Já estive algumas vezes em São Paulo, mas não conhecia essa parte da cidade.

Chegamos ao nosso destino. Um casarão cercado por um jardim escuro, decorado com algumas esferas de concreto e luminárias nas árvores baixas. As luzes do segundo andar estão acesas. Daniela parece receosa, olhando fixamente para a construção. Agora é só bater e conhecer nosso possível salvador.

Ricardo vai na frente, correndo. A parede é toda de tijolos à vista, com janelas brancas, assim como a grande porta principal. Ricardo parece prestes a ganhar um presente, quando chega correndo na varanda, e toca a campainha. Olho pra Daniela, que ainda está indecisa. Penso em como será difícil para ela se adaptar de novo à vida normal.

Quando volto a atenção à casa, grito ao perceber alguns homens de preto atrás das árvores.

– Ricardo! – chamo, tarde demais.

Ele se volta a mim, curioso e ainda sorrindo, quando um homem alto abre a porta e o agarra pela cintura. Ricardo tenta se soltar em vão. O adulto é muito mais forte.

Por um momento não sei o que fazer. Então ouço Daniela me chamando. Recuo rápido, vendo Ricardo se debater em busca de liberdade. Não há o que eu possa fazer contra eles. Daniela já está virando a esquina, gritando meu nome. Com dor no peito, corro o mais rápido que consigo. Percebo a iluminação de faróis se aproximando. Continuo correndo, sempre uma quadra arás de Daniela. Ela se certifica várias vezes de que ainda a estou seguindo, com medo de que nos desencontremos.

Ela entra por um beco estreito e sigo até o mesmo lugar. Passo sobre um amontoado de sacos de lixo, ouvindo carros freando na entrada do corredor. No final, uma escada de madeira e ferro leva à outra rua, deserta, com fábricas enfileiradas até onde a vista alcança. Ignoro os degraus e, com um *vault*, me penduro na grade, pulando em um *landing* desajeitado. Abaixado no asfalto, vejo Dani escalar uma grade. Sem demora a alcanço nos fundos de uma fábrica abandonada.

Continuamos lado a lado pela vasta área aberta, ouvindo-os gritar nossos nomes.

– Por aqui!

Mais habilidosos do que nós, eles pulam o muro e acendem lanternas, sem nos perder de vista. Entramos por uma porta arrombada e nos assustamos com um mendigo deitado. O pobre coitado levanta irritado com a invasão.

– Saiam da minha casa!

Sem parar, continuamos. A fábrica é escura, mas há várias partes do teto e janelas faltando, permitindo que a luz da lua nos guie precariamente. Damos de cara com um galpão com várias pilhas de barras de ferro e as escalamos, vencendo o obstáculo. Nem por um momento paramos para descansar, mesmo com os pulmões gritando e as pernas doendo. Tenho o máximo de cuidado com a mochila. Ela carrega todo nosso dinheiro e roupas. Nossa única esperança no momento.

– Tiago, acho que despistamos eles.

Daniela tenta respirar, mas puxo seu braço.

– Ainda não. Continua.

– Mas que droga!

Chegamos novamente em área aberta e utilizo um *wall run* para escalar uma caixa de força. Ajudo Daniela a subir, e noto os feixes das lanternas ziguezagueando ainda dentro da fábrica. Escalo o muro e pulo, sem medir a distância. Levo um tombo que me deixa zonzo por alguns instantes, tempo para Daniela me alcançar.

– Você tá bem?

Não respondo, apenas levanto e indico outro caminho por onde seguimos.

– Eu sabia. – Daniela não se conforma em como caímos feito patinhos. – Ninguém ajuda ninguém a troco de nada.

– Putz... – nem consigo dar ordem às palavras.

Estamos em uma casa abandonada. Depois de uma corrida de vinte minutos, percebemos que os despistamos e decidimos parar.

– E o Ricardo? Nós temos que buscá-lo.

– Como? Você viu o tamanho daqueles caras. Se a gente ficasse, teria ido para o saco também. – Percebo uma lágrima deslizando pela sua face corada. – Não podíamos fazer nada.

A tensão se encarrega de manter-nos calados enquanto Daniela lava os ferimentos nos joelhos e mãos. Continuo encarando, insatisfeito com sua resposta. Ela percebe minha intenção e continua.

– Vai ser difícil resgatá-lo.

– O que a gente pode fazer? – pergunto, encostado em uma caixa de madeira.

– A questão é o que a gente não pode fazer.

Mesmo sabendo que ela tem razão, insisto no assunto, talvez para aliviar minha culpa de ter caído nessa armadilha. Se eu tivesse votado contra, não estaríamos aqui agora. Mas em uma situação de risco, às vezes a esperança nos cega a razão.

– A gente tá falando de abandoná-lo?

– Tiago – ela suspira. – Eu tenho certeza de que não vai adiantar nos arriscarmos. E nem sequer sabemos pra onde o levaram.

Levanto-me e vou até a janela, olhando a lua. Balanço a cabeça negativamente.

– Não. Não! A gente não pode abandonar ele assim. Eu não abandonaria você.

– Não? – pergunta ela, me olhando desconfiada. – Lembra quando nos conhecemos? Lembra que você ia me deixar pra trás?

– Eu nem te conhecia! – bato a mão na parede. – Esse não é o caso. Escapamos vivos juntos, nos ajudamos. Não estou falando sobre amizade. Falo sobre consideração. Quando posso ajudar, eu faço. E o Ricardo precisa da minha ajuda. Se você não vier junto, podemos nos despedir agora mesmo.

Ela me encara fundo nos olhos por longos segundos. Parece buscar algo. Sinto-me um tanto incomodado, mas não desvio o olhar.

– Tudo bem – diz ela, balançando as mãos. – Agora sai da janela antes que te vejam.

Sento novamente, os pés ainda doendo pela queda do muro. Pego uma garrafa de água na mochila e bebo. A adrenalina nem me deixou sentir sede. Daniela continua encarando.

– E então? O que você propõe?

No dia seguinte, levanto antes dela. Não consegui pregar os olhos, preocupado com os perseguidores e com os ratos. Fiquei imaginando o que estarão fazendo com ele, por quais testes ele terá que passar.

Daniela desperta com um grande bocejo, limpando a sujeira dos cabelos e roupas.

– Bom dia. – Sua expressão não é das melhores. Respondo com um sinal, e ela começa. – Está pronto?

Em uma padaria, tomamos o desjejum e saímos para procurar um orelhão. Daniela segue o plano e disca o número da polícia. Fingindo ser uma estudante que mora sozinha em uma kitinete, diz que os procurados estão hospedados no quarto colado ao seu. Tentando ser mais convincente, exige a recompensa.

Menos de dez minutos depois estamos dentro de um táxi – o taxista ficou bastante feliz com o valor recebido – assistindo a ação rápida dos mesmos homens que pegaram Ricardo na noite anterior. Consigo reconhecer um deles. Chegam em um furgão preto com a palavra LAQUARTZ na lateral em letras grandes. Há algo escrito em letras menores, mas não consigo identificar. Usam uniformes pretos e óculos escuros. Invadem o pequeno prédio que Daniela indicou, e lá permanecem por exatos quinze minutos. Quando saem, um deles conversa no celular, visivelmente irritado. Dando uma olhada desconfiada pela rua, caminha alguns metros pela calçada, olha fixamente para um ponto qualquer, dá meia volta e entra no furgão. Vemos o veículo sumir pela esquina.

– Moço, pode segui-los agora. – O motorista nos encara desconfiado pelo retrovisor, mas obedece. Afinal, aguarda o resto do valor prometido.

Perdemos o veículo por um momento, mas o avistamos logo após virarmos outra esquina. Mantemos uma distância razoável para não levantar suspeitas. Passando pelo centro da cidade, pegamos uma via movimentada, até que os vemos entrar em uma pequena estrada. Por sorte, há um número considerável de carros transitando ali, ajudando-nos a passar despercebidos. Um bom tempo depois, estacionamos atrás de uma cerca de madeira com cartazes de eventos pendurados, em sua grande maioria já gastos e rasgados. A construção por onde eles entraram exibe um grande letreiro.

LAQUARTZ
Laboratório de Quântica Aplicada
Rosabela Tzao

– E agora? – diz Daniela, jogando a franja de lado. – Como entramos aí? Entregando uma pizza?

Percebo aquele mesmo jeito debochado de quando a conheci.

– Não sei o que responder. Acho que não há nada pra fazer no momento. Já sabemos onde o Rick está. Agora voltamos e bolamos algo com calma.

No lugar da resposta, um olhar incrédulo. Viro-me na direção que ela mira e fico tão surpreso quanto. Abigail sai do complexo dirigindo uma *Mercedes* preta. O portão se fecha automaticamente assim que ela passa por nós, sem nos notar. Apesar dos óculos escuros, é impossível não reconhecê-la.

– Ora, ora. Finalmente vejo a tal luz no fim do túnel. Moço, siga aquele carro, por favor.

– Já segui um furgão. Acho melhor acertarmos cada bisbilhotada por vez. – O homem estende a mão, esperando o pagamento prometido. Com medo de perdê-la de vista, abro o bolso frontal da mochila e tiro algumas notas, entregando ao canastrão. Com um sorriso malandro ele continua.

Pedimos para ele ser mais cauteloso dessa vez. Por via das dúvidas, anoto a placa do carro, caso venhamos a perdê-lo. Ele segue a estrada pela qual viemos, mas vira em um caminho quase oculto pelas árvores que eu jamais teria percebido.

Daniela nem pisca. Faço alguns comentários, mas ela sequer responde. Chegamos a um ponto onde não se vê carro algum, exceto os nossos.

– Cara, preciso que você dê uma fechada nela.

– Vocês não vão matar a mulher, vão? – Há um medo sincero em sua voz. Nossos olhares são realmente psicóticos, o que percebo pelo espelho.

– Não, claro que não. Finge que enguiçou, sei lá. Não precisa bater no carro dela.

Contrariado, o taxista acelera e se aproxima da Mercedes, passando rente. Abigail nem se abala. Freando, o táxi fica parado no meio da passagem. Sem opção, Abigail para devagar. Daniela é a primeira a sair, determinada a tirar tudo a limpo. Pretendia uma abordagem mais discreta, mas agora é tarde. Acompanho-a e, antes que eu perceba, o taxista vai embora. Deve ter pensado mesmo que ia rolar sangue por aqui. Felizmente, não deixei nada no carro. Daniela não parece se importar.

– Lembra de mim, doutora? – grita, hostil, parada em frente ao carro.

– Como poderia me esquecer de você, Daniela? – responde ela, sem sair do carro. Deve estar com medo, mesmo que não aparente. – E você, Tiago? Como vai?

– Hã? – fico ligeiramente desconcertado à menção de meu nome. – Continuo vivo, é o que importa.

– Claro que isso importa, querido – ela sorri.

Daniela se mantém firme, ameaçadora.

– Eu quero saber o que você fez comigo – Daniela berra. – Depois que saímos daquela maldita base, venho me sentindo mal, como se vermes andassem dentro de mim. E essas dores de cabeça malditas que não passam nunca. Esses sintomas estranhos, como se eu estivesse... Possuída! O que você fez, sua vaca?

Vejo os punhos de Daniela se fecharem. Ou a velha coopera ou ela não vai se sair bem dessa.

– Onde está Ricardo? – pergunto alto, mais controlado do que ela. – O que fizeram com ele?

– Quantas perguntas. – Abigail sorri novamente, e sinto um arrepio na espinha. – Por que não vamos a um lugar mais adequado para essa conversa?

– Outra emboscada, sua bruxa? – xinga Daniela, fora de controle. – Quer nos levar praquele laboratório de onde acabou de sair, pra nos prenderem e nos transformarem em ratinhos?

Pensando bem, a mulher não está se sentindo intimidada, pelo contrário. Está bem calma. Como se estivesse... Ganhando tempo.

– Dani! – chamo, mas ela nem se move. – Acho melhor sairmos daqui.

Dito e feito. Não demora muito e dois furgões se aproximam. Daniela continua estática, até mesmo quando os veículos nos cercam. Não tento correr, seria tolice. Abigail finalmente sai do carro, exibindo um aparelho na mão, o tempo todo oculto.

– Mais cedo ou mais tarde eu encontraria você. – Ela sorri, sem tirar os óculos.

Daniela avança, mas Abigail saca uma pistola do jaleco. Nem assim Daniela para, investindo contra a velha. Ao mesmo tempo, sinto uma pancada na cabeça. Consigo ver o corpo de Daniela caindo antes de desmaiar.

Capítulo 19

LAQUARTZ

Olho ao redor e não vejo nada diferente. Descubro o causador do barulho sobre a cama. O celular de minha mãe, vibrando. Atendo.

– Alô? Mãe?

– *Zzz... Tzzzzzz-tzzzzz... ZzZzzz... Ti... Zzzzzzz... dad... rem... Zzzzzz...*

Ininteligível. A ligação logo cai e olho o visor, mas o número é privado. Espero alguns instantes, talvez tentem novamente. Não acontece.

O relógio mostra ter passado da hora de tomar meu remédio. Vou ao closet dos meus pais e, sob a bancada, pego uma pequena maleta branca. Na cama, aperto a borrachinha ao redor do braço e, puxando uma das pontas com os dentes, aplico a injeção com o líquido roxo. Lembro que tomo essa medicação desde que me conheço por gente. Tinha uma doença rara que me deixava sem ar às vezes. Um tipo de asma, só que mais forte. Meu pai disse que me curei da doença após tantos anos de cuidados, mas não posso largar o tratamento. Nem me lembro dos ataques. Acho que eu era muito pequeno.

Ligo a TV pra saber o que está acontecendo, mas os canais estão todos fora do ar. No rádio é a mesma coisa, apenas chiados. Que merda!

Na cozinha, preparo um macarrão instantâneo com queijo. Só agora percebo o vazio no estômago. Não sei cozinhar, mas na hora do aperto até que me viro bem. Apoiado sobre a bancada como o macarrão com um pedaço de pão. Os gritos na rua não existem mais. Parece que não sobrou ninguém pra gritar. Terminando a refeição, deixo o prato na pia e vou até a persiana. O muro é alto, então acredito estar seguro por enquanto. O sol ainda está alto. Talvez meus pais voltem quando perceberem que eu viria pra casa. Bocejo e sinto as pálpebras pesadas. Comer sempre me dá sono. Deito no sofá olhando a tela da TV, aguardando a possível volta, e fecho os olhos por alguns segundos. Nem percebo quando adormeço.

Quando acordo, sinto o ar gelado arrepiar a espinha.

A sala não passa de um cubículo mínimo. A cama onde me encontro é de metal, com um colchão fino e branco como apoio. As barras de aço que formam a grade impedem que eu sequer pense em fugir. Há uma entrada de ar no teto, lacrada por uma placa de metal com pequenos orifícios.

Vou até a grade e olho ao redor. O local lembra uma sala de cirurgia, com uma mesa metálica no centro, cercada por objetos hospitalares. Forço a vista e enxergo sangue sobre ela. Ergo a camisola branca que estou vestindo. Verifico dos pés a cabeça e me certifico de que o sangue não é meu. Pelo menos não há nada em mim sangrando.

– Ei – grito. Minha voz ecoa. – Alguém aí?

Mas que inferno! Onde estão todos? E Daniela?

Lembro-me de tê-la visto cair assim que perdi a consciência. Abigail estava armada. Por um momento temo que ela possa ter atirado. Algum daqueles filhos da mãe deve ter me surpreendido por trás. Foi tudo tão rápido. Percebi logo que a velha não estava com medo. Ela nos levou exatamente aonde queria. Já sabia que a seguiríamos. Caímos feito otários.

A porta da sala se abre. Dela vem um homem baixo e gordo, vestido de branco e usando uma máscara cirúrgica. Ele segue até a pequena prateleira encostada à mesa de cirurgia e recolhe os instrumentos.

– Ei, você! – chamo, me segurando às barras.

Ele não faz a mínima menção de virar, como se não me ouvisse. Continua recolhendo as peças.

– Você é surdo ou o quê? – grito, já nervoso. – Me tira daqui!

O estranho continua em sua tarefa, me ignorando.

– Seu gordo filho da mãe! – Soco a grade, e nem sinto dor, de tanta raiva. – Cadê a Daniela? Que lugar é esse?

Putz, como eu odeio ser ignorado. Nem ao menos o sujeito me olha. Me sinto invisível. Com o equipamento recolhido, ele deposita outros limpos no lugar e sai da sala. Não demora e ela se abre novamente. Abigail entra sorrindo. Exatamente como da primeira vez em que a vi. O estranho colar dourado com a insígnia em forma de flauta pende em seu pescoço, contrastando com o branco do ambiente.

– Ora, então você já acordou, Tiago. Como está se sentindo?

Não consigo acreditar na frieza com que ela se dirige a mim. Me trata como se eu estivesse de férias.

– Como eu deveria me sentir estando preso em um lugar que nem sei qual é? Cadê a Daniela?

– Desculpe pelo método que usamos para lhe trazer aqui, mas não podíamos perder a chance. Você caiu do céu, garoto.

– Hã? – totalmente confuso, vejo-a lançando um sorriso descontraído. Ela é louca? – Você é louca?

Ela gargalha. Não sei se ela percebeu, mas não foi um elogio.

– Tiago, Tiago. Foi um milagre você chegar àquela base vivo.

– Ela anda pela sala, batendo o salto alto no piso branco, fazendo um barulho irritante. Mantém as mãos no bolso do jaleco. – Não acreditei quando vi quem era você. Ninguém acreditou. Quando você fugiu, quase perdi as esperanças. E eu disse *quase*.

Sorri novamente, dando uma piscadela.

– E quem sou eu? – pergunto, sem entender uma palavra do que ela diz.

– Mas que pergunta, garoto. Você é você! – E gargalha.

Meu Deus! Essa velha é pirada.

Um brilho em sua cintura chama minha atenção. Um molho de chaves. Enquanto ela se aproxima, disfarço, mantendo a tensão.

– Onde está Daniela? E Ricardo? O quê você fez a eles?

– Esqueça-os. Você sim é importante. Eles são só lixo. – Ela se aproxima mais, ainda sorrindo. – Hoje teremos a certeza de...

Como um piscar de olhos, agarro-a pelo pescoço e puxo-a contra a grade.

– Sorria agora! – digo com raiva, buscando as chaves em sua cintura.

E ela sorri. Sinto uma picada no braço e a libero. A velha exibe a seringa que tirou do bolso com um líquido escuro. É como se minhas veias estivessem queimando.

– Tiago, não sei se já te falaram isso... – ela analisa a seringa enquanto se dirige à porta. – Mas você devia tomar mais cuidado com o que faz.

Com uma piscadela ela sai.

Agarrado à grade, encosto a cabeça entre as barras e sinto o sangue fervilhar cada vez mais. Essa mulher está sempre um passo à frente. É mais esperta do que aparenta. O pior é que ela *já* parece muito inteligente.

Meus olhos lacrimejam por um instante e começam a arder. Sinto a cabeça girar. Olho ao redor e as paredes ondulam.

Forço a vista e tudo se multiplica. Cambaleio e caio de joelhos. Não demora muito até que eu não veja ou sinta mais nada.

Desperto com o barulho de vidro quebrando. A TV continua fora do ar, mas emite um chiado ensurdecedor. Pego o controle na mesa de centro e a desligo.

Levanto do sofá e olho novamente pela persiana. Já é noite. O jardim continua vazio. De repente, um vulto passa correndo, envolto pelas sombras. Em seguida, outro. Abaixado, vou até a cozinha e pego um cutelo pendurado sobre a bancada de mármore escuro. Volto ao meu quarto, ouvindo grunhidos humanos. Acendo a luz e abro minha mochila jogada sobre a cama. Pego duas camisas e um bermudão jeans, e calço os coturnos, mais apropriados para a corrida que me aguarda. Assim que fecho o zíper, saio, trancando a porta, e ouço a janela do quarto ser arrebentada. De volta à cozinha, pego algumas frutas, os pães que restam, alguns squeezes de água na geladeira. Acendo a luz propositalmente e sigo pelo corredor em direção aos fundos. Saio assim que ouço a vidraça da cozinha ser destruída. O mais agachado que consigo, sigo pelo jardim, mas nem toda minha cautela é suficiente. Começo a correr ao ouvir os gritos atrás de mim. Vou em direção ao muro, batendo o pé e me impulsionando para cima, subindo rapidamente. Olho pra baixo e vejo estranhos envoltos pelas sombras, berrando com as mãos em minha direção. Pulo, caindo com precisão na calçada. Atravesso a rua correndo e subo o muro da casa em frente, me equilibrando sobre ele enquanto o percorro. Atravesso vários quarteirões com essa tática. Preciso encontrar ajuda.

Capítulo 20

RATOS DE LABORATÓRIO

Minha cabeça ainda lateja quando abro os olhos devagar, doloridos pela luz intensa acima. Parece um refletor. O metal frio da mesa de cirurgia contra minhas costas faz a pele arrepiar. Forçando a vista, vejo a cela onde estava quando desmaiei. Viro o pescoço e minha visão embaça um pouco, mas se ajusta em seguida, permitindo que eu perceba um estranho de costas. Ele veste um jaleco, como o anterior. Está mexendo em algo na pia e não percebeu que eu acordei.

Ao lado da mesa há uma bandeja com instrumentos cirúrgicos. Pelo menos estão limpos, sinal de que não me cortaram ainda. Há duas seringas contendo líquidos de cores distintas, verde e roxo. Não faço ideia do que seja e não pretendo esperar pra descobrir.

Tenho uma ideia e me preparo para pegar um bisturi, mas percebo que estou com as mãos presas por tiras de couro branco. Ainda forço um pouco, sem fazer barulho, mas é impossível me mexer. O indivíduo vira-se e vem até mim, então não disfarço mais e começo a me debater. Ele me olha através de um visor plástico, levemente surpreso por me encontrar desperto. Nada mais do que isso. Volta sua atenção às seringas, misturando outro líquido transparente com o roxo.

– Pra que você vai fazer isso?

Procuro ocultar o medo, mas a voz entrega. Debato-me com mais violência, ouvindo a maca ranger.

– Fique quieto um momento – diz ele, com calma.

Ele segura meus braços. A desvantagem é absurda, mas não vou desistir tão fácil. Tento golpear seu rosto com a cabeça, mas ele desvia, agora segurando minha testa e forçando a nuca na maca.

– Calma, moleque! Eu não...

Ele é impedido de continuar quando meus dentes encontram sua mão. Ele consegue se livrar da mordida antes que eu crave com mais força.

– Não faça mais isso, não tem motivo. – A pancada que levo na cabeça me deixa atordoado.

Sem forças, vejo a agulha descendo em direção à minha barriga. Uma voz feminina chama, faltando dois milímetros para a agulha encostar.

– Válter, interrompa a aplicação.

Os olhos do homem encaram a mulher de branco, próxima à maca. Olhos castanhos amendoados encaram de volta, firmes, sobre a máscara.

– Por que, doutora...? – Ele espera que ela se identifique.

– Precisamos fazer um último teste antes desse procedimento. Com licença.

A mulher pega a mão do homem, a mesma com a seringa. Os olhos contraídos mostram que ela sorri. O movimento seguinte é tão rápido que só percebo o homem sendo golpeado com a própria mão e caindo desfalecido. Incrédulo, assisto a estranha desamarrando minhas mãos e dando instruções que demoro a perceber serem destinadas a mim.

– Preciso que você confie em mim e faça exatamente o que eu disser. Aqui não é seguro pra você nesse momento. Vamos te levar embora...

– E Daniela? Onde...?

– É tarde e precisamos ser rápidos, antes que alguém perceba seu sumiço.

Livre, sento na maca e respiro fundo algumas vezes antes de me postar em pé. O chão gelado incomoda, mas a mulher aparece com um par de sapatos brancos e uma calça, também branca. Nem percebi enquanto ela despia o infeliz desacordado. Sem pensar duas vezes, visto a calça e os sapatos, ainda desconfortável com o peito nu.

Ela pega as seringas que estavam sobre a bandeja e as guarda em um bolso dentro do jaleco. Aproveito sua distração e pego o bisturi na bandeja. Vou à frente e abro a porta, ainda desnorteado pela pancada. Não há ninguém no corredor. Não sei se por instinto, mas quando ouço a mulher me chamar dentro da sala, saio correndo.

O ar frio se choca contra meu peito, me fazendo estremecer. Em outro corredor, desacelero e vou com passos lentos até a porta dupla no fim. Pelo vidro, analiso a área, e demoro a perceber dois seguranças me olhando desconfiados. Quando os vejo vindo em minha direção, recuo e viro por outro corredor. Felizmente ninguém aparece. Os dois que me perseguem já são o suficiente. A fim de despistá-los, entro em uma sala escura cheia de armários baixos de metal e vou até a última fileira, me escondendo dentro de um, o bisturi na mão. Pouco tempo depois ouço a porta da sala abrir, seguida de passos rápidos.

– Ele deve ter entrado aqui. Procure daquele lado enquanto eu verifico por aqui.

– Ok!

Portas metálicas começam a ser abertas e fechadas sucessivamente. Enquanto me procuram, vão lançando comentários ameaçadores. Preciso fugir daqui agora!

Abro lentamente a porta e vejo pela fresta o reflexo de um deles no metal do armário em frente. O homem está na fileira de trás. Não consigo enxergar a localização do segundo. Preparo-me para abrir a porta assim que ele estiver perto, mas uma voz feminina os faz parar.

– Onde está ele? – grita ela. Abigail.

– Estamos procurando, doutora. Deve ter entrado aqui.

– *Deve* ter entrado? – zomba ela. – Tratem de encontrá-lo agora mesmo.

Ouço a porta bater. Enquanto a dupla discute onde me procurar e se terei mesmo entrado na sala, tenho tempo de sair e ir ajoelhado até o outro lado, me escondendo dentro de um armário já revistado. Assim que um deles sai, o outro volta de onde havia parado e continua, chegando ao armário que me serviu de esconderijo. Ele vai até a última portinhola, convicto.

Respiro baixo e presto atenção nos passos se distanciando. Ouço a porta ser trancada. Essa passou perto.

Saio novamente do abrigo e descubro que a única saída é a porta. Não há janelas. Apenas uma passagem de ar no canto direito da sala. Hora de improvisar novamente. Subindo na mesa, guardo o bisturi no bolso e pego um recipiente de vidro sobre uma estante. Em seguida, retiro a grade da passagem sem dificuldade, me impulsionando pra cima. É complicado entrar sem um bom ângulo para apoio, mas consigo após algum esforço, jogando o peso para um braço e depois puxando o corpo para cima.

Descubro que me movimentar no duto não é tão simples como nos filmes. É estreito demais. Preciso rastejar como uma cobra. Por sorte o material é forte o suficiente pra aguentar meu corpo magrelo. Há tempos não me alimento direito e tenho estado sob estresse permanente, emagrecendo cada vez mais rápido. Não vejo a hora de poder sentar em uma mesa de novo e saborear um bom prato de comida, como qualquer pessoa normal. Como tenho saudade da comida da minha mãe. Não trocava por nenhum restaurante fino. Mas, pelo jeito que as coisas andam, não tenho muita esperança de minha mãe fazer meus pratos preferidos novamente.

Mais em frente, chego à outra grade. Na sala abaixo, um escritório, um homem abotoa o jaleco, ocultando as roupas pretas por baixo. Ele examina uma prancheta contendo uma folha toda escrita, com um foto anexada. Forço a vista e tento distinguir a imagem por curiosidade, mas ela não é nítida. Pode ser uma pessoa, um objeto, uma paisagem. Ao me virar, uma parte do duto amassa discretamente, emitindo um som abafado, suficiente pra chamar atenção. Ele olha pra cima no mesmo instante, e eu permaneço imóvel. Quando ele desiste de prestar atenção, se volta para um armário e começa a mexer em uma pilha de papéis. Aproveito a deixa e continuo a marcha.

Mais uma vez o impacto do ar frio. Sinto os dentes tremerem. Passo por mais duas grades, mais salas com outras pessoas, todas vestidas de branco. Meus joelhos começam a doer. É impossível sentar pra descansar ou esticar as pernas, mas dou graças por poder usar esse duto como rota de fuga.

Em outra grade, fico surpreso ao avistar Daniela parada em frente a uma porta, olhando pelo vidro com as mãos em concha. Veste uma camisola idêntica à que eu usava quando acordei.

– Dani!

Ela se vira bruscamente com olhos assustados procurando a origem do chamado. Sua aparência não é das melhores. As olheiras a deixam um pouco menos bonita. Os cabelos desgrenhados lhe dão um ar relaxado. Acredito que ela não esteja gostando nada da falta de tempo para se cuidar. Quando a conheci, exibia cabelos longos e bem penteados.

– Aqui em cima!

Passo meus dedos entre os vãos da grade e a puxo. Ao me ver, um sorriso enorme explode em seu rosto. Preciso, caio dentro da sala. Daniela me abraça forte. Retribuo por um segundo, mas me afasto.

– Você está bem?- pergunto, indo à porta trancada.

– Se ter vindo parar nesse laboratório e quase ter levado um tiro é estar bem, então estou – responde. Parece querer ser engraçada, mas a situação não permite sequer um esboço de sorriso.

– Você sabe onde estamos?

– Provavelmente naquele laboratório. Tiago, ela é doida – dessa vez, ela parece mais séria.

– Você ainda tinha alguma dúvida?

– Não, sério! Depois que chegamos aqui, me trancaram nessa sala. Depois, ela apareceu. Ela... Ela ia me matar! – Daniela balança as mãos enquanto me olha, abalada.

– Como assim?

– Ela entrou aqui e disse que eu não passava de lixo, que eu não era importante... Como você. – E me olha de um modo curioso, que retribuo. – Então, tirou um revólver do bolso e apontou pra minha cabeça. Enquanto eu esperava o disparo, ela falava sobre Ricardo também ter sido inútil, sobre só termos feito ela perder tempo, e que você era...

Nesse momento, enquanto olho pelo vidro na porta, ouço Daniela soluçar, caindo em prantos.

– Ela me torturou me fazendo esperar o tiro. Ela se divertiu com meu medo. A gente vai morrer aqui. – O choro é incontrolável.

– Calma. Ninguém vai morrer. A gente vai fugir daqui, prometo. – Tento tranquilizá-la sem parar de olhar pelo vidro. – Você disse que ela ia te matar. Por que não o fez?

– Porque apareceu um homem dizendo que alguém tinha invadido te procurando, e você escapou. – Ela se controla, enxugando as lágrimas. – Ela simplesmente guardou a arma no bolso e saiu.

– Então ela vai saber que vim até você e voltará.

– Precisamos ir embora – diz ela, olhando pra cima. – É difícil andar por esse buraco?

– Não tenho certeza se esse duto nos levaria pra fora. Além do mais, ela saberia que entramos por ele, pois a porta está trancada. Seria mais fácil de nos encurralarem, sem contar que há o risco de entalarmos.

– Mas se ficarmos aqui vão nos achar de qualquer jeito.

– Acho que essa é a única saída.

Assim que termino a frase, avisto Abigail se aproximando. Faço sinal pra Daniela ficar parada onde está e me encosto atrás da porta. Ela hesita por um instante, mas acredito que confie o bastante em mim, pois cumpre o combinado, imóvel. Ouço a porta ser destrancada e um breve alarme.

– Pelo visto você não é tão inútil quanto pensei, garota – diz a velha, exibindo um cartão magnético em uma das mãos e batendo o salto no piso. – Vai servir de isca pra trazer seu amiguinho de volta.

– Não será preciso, doutora – falo isso já com o bisturi encostado em sua jugular, após dar meia volta e a agarrar pelas costas.

– Ora, quantas surpresas, não? – não parece assustada, é melhor tomar cuidado.

– Cadê o Ricardo? – pergunto, forçando um tom ameaçador. Pego o cartão num puxão e o guardo no bolso.

– Por que você se arrisca tanto por esses dois que não valem a pena?

– Eu digo o que vale ou não pra mim. – Pressiono a navalha contra sua pele, mas não a corto. – Me leve até o Ricardo.

– E se eu disser que ele está morto?

– Então direi o mesmo de você. – Pego-a pelos cabelos brancos, ainda com o instrumento em seu pescoço.

Quando saímos, encontramos uma barreira de seguranças armados. A adrenalina percorre meu corpo de tal maneira que me controlo para não sair correndo.

– Se alguém se mexer essa velha já era! – ameaço, evitando gaguejar. Daniela gruda em minha retaguarda.

Enquanto guio Abigail segurando seus cabelos, os homens vão abrindo passagem, devagar, em meio a cochichos.

– Tiago... – sinto-a tremer um breve segundo. – Se me soltar prometo que o protegerei. Eu te conheço. Você não é um assassino.

– Posso me tornar agora, se quiser – retruco. Ela é esperta. – Eu também te conheço, doutora. E sei que é uma mentirosa. Cale essa boca e mostre onde está o Ricardo.

Ela sorri. Mesmo em desvantagem, tem a petulância de zombar. Se não fosse minha única opção de continuar vivo, acredito que não hesitaria em degolá-la ali mesmo. Ou não teria coragem?

Percorrendo infinitos corredores, chegamos a uma parede de vidro, onde posso ver Ricardo dentro de uma sala de luzes apagadas. Ele está abaixado, tremendo.

– Ricardo – Daniela chama.

Ao tentar entrar, encontra a porta trancada.

– Sua última chance, rapaz – sussurra Abigail. – Não faça algo que possa se arrepender.

– Prefiro arriscar. Abra a porta. – E a guio. Ela retira o molho de chaves da cintura e a destranca. Daniela entra correndo e vai até Ricardo, encolhido em um canto.

Tudo acontece muito rápido.

Basta Daniela colocar a mão sobre o ombro dele e ele se

vira. Infectado, pula sobre ela com os dentes à mostra. Surpreso, nem percebo quando Abigail pega algo afiado no bolso e o crava com força em minha coxa. A dor é tremenda, roubando de mim um grito que ecoa pelos corredores. Apesar da dor, desfiro um golpe com o bisturi, cortando superficialmente seu rosto. Um filete de sangue espirra na parede. Consigo agarrá-la novamente pelos cabelos e a puxo bruscamente. Um som abafado é emitido no choque de suas costas contra a parede. Soltando um gemido, Abigail me empurra e vira o molho de chaves contra meu rosto, acertando meu olho. Com a visão turva, eu a vejo tentando trancar a porta da sala onde Daniela se desvencilha de um Ricardo totalmente fora de si. Aplicando-lhe uma rasteira, eu a derrubo e tento dominá-la novamente, mas ela chuta com o salto em cheio no ferimento da minha perna. Outro grito de dor escapa. Não posso deixá-la fugir. Assim que ela se vira, levanto rápido, ignorando a dor, e agarro o seu cabelo. Dessa vez, emprego minhas últimas forças para enfiar sua cara contra o vidro. Deve ser reforçado, pois nem ao menos trinca. Derrotada, ela desmaia. A velhota é resistente, caramba.

Entrando na sala, encontro Ricardo e Daniela engalfinhados.

– Tira ele de cima de mim!

Ainda sem acreditar no que fizeram com o coitado, eu o pego pelos braços e o jogo contra a parede.

– Esses malditos! – grita Daniela, se levantando trêmula.

Quando Ricardo investe mais uma vez, berrando e vindo em nossa direção, não restam dúvidas. Desviando, desfiro uma forte pancada em sua nuca, e ele cai desacordado.

– Vamos sair daqui!

Através do vidro é possível ver os seguranças se aproximando, cautelosos. Rápido, vou até Abigail e a pego pelos braços. Daniela me acompanha e a levanta pelas pernas. Quando a trupe chega ao corredor, as armas em punho, notam que Abigail se tornou nosso escudo. Se atirarem, ela será a primeira baleada.

– Eles a mataram! – grita um deles.

– Ela ainda está viva! – revido, evitando uma saraivada de tiros. – Mas se alguém atirar é exatamente o que vai acontecer.

Escondo minha mão sob os cabelos grisalhos. Deixei o bisturi cair quando ela me acertou no olho. Se perceberem que não estamos armados, dançamos.

– Tiago... – cochicha Daniela, pelo canto da boca. – Como vamos matá-la sem armas?

– Não faço ideia. – respondo, enquanto recuamos cautelosamente. – Não sei quebrar nem pescoço de galinha. Só não deixe que eles percebam.

Entre os homens, um se abaixa e pega algo no chão. O bisturi foi encontrado.

– Eles não estão armados.

Todos os olhares se voltam a nós, alguns exibindo sorrisos maliciosos.

– Fodeu! – é tudo o que digo.

Nesse momento, Ricardo empurra a porta mal fechada e surge correndo da sala. Morde o braço do mais próximo, que não tem nem tempo de perceber o que aconteceu e é derrubado sobre os demais. Mordendo o pescoço de outro, caído de costas, Ricardo leva uma cotovelada no rosto e ataca mais um, mordendo sua orelha. Nesse meio tempo, o primeiro atacado sofre a transformação e morde um dos companheiros. Pode ser impressão, mas o processo está acontecendo mais rápido do que no interior. Alguns começam a atirar e dois conseguem fugir por onde vieram, perseguidos pelo primeiro, enquanto o sangue se mistura aos gritos de terror.

Petrificado pela cena, sinto Daniela puxar meu braço. Nem raciocino sobre o momento em que jogamos Abigail no chão.

Enquanto corremos, curiosos olham pelas portas que vão se abrindo. A maioria se tranca novamente, e alguns poucos continuam assistindo a confusão.

Um alarme ecoa pelo complexo. É um alerta. Alerta de morte.

Correndo pelo labirinto de corredores brancos e frios, somos surpreendidos por dois estranhos.

– Venham com a gente. Não faça burrada dessa vez.

O homem tem o cabelo grisalho e curto, estilo exército. Seus olhos são azuis-acinzentados e a pele bronzeada. Uma cicatriz discreta atravessa de cima a baixo sua sobrancelha esquerda. Aparenta estar na faixa dos quarenta, não pelo físico, bem malhado, mas pelo ar sisudo. É o mesmo homem que vi pelo duto.

– Quem são vocês? – grita Daniela, se protegendo atrás de mim.

– Confiem na gente – fala a mulher.

Reconheço-a de imediato. Foi ela quem me libertou. Parece mais nova do que ele, por volta dos trinta, os olhos castanhos amendoados e levemente puxados sobre bochechas rosadas de uma pele clara e lisa. Tem o cabelo longo e loiro preso em uma trança ondulada.

– E por que deveríamos?

– Vocês têm opção? – ela retruca, numa expressão preocupada, olhando sobre meu ombro. – Eles estão vindo, não sejam idiotas! – E corre pelo corredor.

Avisto os seguranças e outras pessoas correndo em nossa direção. Dessa vez, suas armas são os dentes.

– Vamos, garotos! – a mulher nos chama. Realmente não temos outra opção.

Chegamos a um pequeno laboratório e ela encosta a porta atrás de nós.

– Pooh, temos que agilizar – a mulher avisa.

Nesse instante, um baque contra a porta derruba a mulher. Daniela e eu corremos e tentamos bloqueá-la. É possível ver pela brecha o rosto de um deles, sedento de sangue.

– Dani, estão todos infectados.

A loira se recobra do susto no momento exato e nos ajuda a segurar a porta. A pressão é tremenda. Há muitos deles. É melhor esse dois nos tirarem logo daqui.

Despindo o jaleco e o atirando longe, o grandalhão exibe uma mochila presa por tiras de couro em volta do torso malhado sob a camisa preta. Em posse de um pequeno objeto, vai até a parede mais afastada e fixa o aparato em uma janela bloqueada por uma placa metálica. Em seguida volta e ergue uma mesa pesada, sem dificuldade, como se fosse de isopor, formando um escudo.

– As coisas vão ficar agitadas por aqui – avisa.

Não sei o que aconteceu, mas foi o suficiente para me derrubar sobre Daniela. A sala inteira treme e destroços são arremessados, formando uma fumaça de pó que toma conta do ar.

Saindo de trás da mesa, avisto o rombo que se formou na parede, dando passagem para fora. Já é noite.

– Meu Deus! – Daniela esfrega as orelhas com uma expressão de dor. – Pra que isso tudo?

– O alarme que vocês ouviram foi ativado pelo sistema de segurança. As portas e janelas foram bloqueadas.

A mulher nos chama após retirar o jaleco, exibindo a bela forma. Noto uma pistola presa à cintura.

– Quem são vocês? – pergunto, seguindo-os pelos escombros.

Nenhum dos dois se dá ao trabalho de responder durante nosso percurso pelo corredor lateral. É possível ouvir os berros vindos da sala destruída.

Percorremos o corredor por alguns minutos, em silêncio. O único som é o alarme que permanece ligado e a algazarra provocada pelos infectados. Às vezes a mulher relanceia um olhar positivo, tentando nos tranquilizar.

Adiante, chegamos ao que parece ser os fundos do complexo, onde um jipe preto se encontra estacionado sobre um caminho de pedrinhas negras.

Subindo no jipe, Daniela permanece calada, enquanto nos acomodamos na traseira.

– Vamos tirar vocês daqui e explicaremos tudo no momento certo, ok? – diz a mulher, sorrindo.

Sem que tenhamos tempo para responder, três dos infectados investem contra o carro.

– Não deixe que eles mordam vocês – Daniela grita, por instinto.

A loira agilmente saca a pistola e dispara contra um deles, derrubando-o sobre um latão de lixo próximo.

Os outros investem contra o veículo enquanto Pooh engata a ré. Cantando pneu, saímos em disparada.

– Não era pra ser assim, Lizzy – ele resmunga.

– Nem tudo é como queremos – responde Lizzy, ainda se certificando de que não nos seguiram. – Espero que consigam conter isso antes que seja tarde. – Parece saber do que fala.

Assim que chegamos ao estacionamento, nos deparamos com uma cerca alta e reforçada circundando o prédio. Em seguida, há uma extensa área com uma única via para a saída. Nos jardins laterais, além dos arbustos bem cuidados, fileiras de palmeiras se estendem por todo o gramado. Divisamos o portão de entrada a alguns quilômetros, uma pequena guarita vazia. Um muro de cinco metros cerca o complexo até onde os olhos não veem.

– Mas que porra é essa? – pergunta Pooh, parando bruscamente.

Na cerca, há uma legião de infectados agarrando e se debatendo contra as grades. Um homem com uniforme de segurança tenta escalar, gritando por socorro, mas é puxado pelo tornozelo. Sua voz é abafada pela massa que se forma ao redor.

– Seria desestressante atropelar todos, mas daria muito trabalho limpar o jipe – e, para minha surpresa, ele buzina.

– Não! – Daniela grita.

Apenas arregalo os olhos quando todos se viram em sincronia e nos descobrem. Suas roupas e dentes estão ensanguentados. Por um breve momento, a cena congela em minha mente. Chego a sentir a respiração quente exalando de suas narinas sujas. Os dedos feridos se contorcem em garras, as próprias unhas cravando na pele. Sinto o gosto amargo em minha boca no momento em que eles berram e disparam em nossa direção.

Capítulo 21

O HOMEM DA MÁSCARA DE FERRO

Os bramidos me relembram o terror que vivi em Jaboticabal. Uma cidade de interior, pequena, nada comparada a São Paulo. Se o caos se espalhar aqui será o fim. Não posso deixar que o pesadelo recomece. A questão é: como impedir?

Num solavanco, sinto o corpo ser lançado pra frente. Sem espaço para contornar, Pooh se vê obrigado a dar a ré assim que os monstros investiram enraivecidos, e, olhando pra trás, guia com habilidade.

– Estão fora de si! – Daniela está tremendo, segurando firme nas laterais. – Vocês não disseram que as saídas foram bloqueadas?

– Alguém deve ter conseguido sair com um cartão de liberação – Lizzy explica, mantendo a pistola em direção à massa que nos persegue. Mesmo em um momento de tensão, sua voz soa leve. – Pooh, temos que sumir daqui.

– Só se o jipe criar asas, mulher – retruca, ainda olhando pra trás, apenas uma das mãos no volante.

Respirando fundo, ignoro as vozes à minha volta. Se conseguirmos sair daqui vivos é porque há uma saída. Se há uma saída, eles também conseguirão sair. E isso não está em meus planos.

– Dani – cochicho. – Não podemos deixar que escapem.

– E o que vamos fazer? – pergunta ela, os dentes cerrados.

– Você viu quantos foram transformados em menos de vinte minutos?

– Sim, muitos. – Por um segundo, flagro Lizzy nos observando, curiosa, mas logo volta a atenção aos infectados, mirando a arma. – Mas se conseguirem fugir, diga adeus a qualquer esperança de ter uma vida de volta.

É o que basta pra encher seus olhos de lágrimas. Dani se força a olhar na direção de nossos perseguidores, prestes a nos alcançarem. Fita-os por breves segundos antes de continuar.

– O que tem em mente?

– Precisamos levá-los pra dentro e trancar todas as saídas.

– E depois?

A resposta é interrompida pela pancada forte logo após o palavrão emitido pelo motorista. Sentindo tudo girar a minha volta, ouço um "*Se segurem*" pouco antes de rolar pelo asfalto, parando próximo ao pneu de um carro.

Sentindo a cabeça zonza e dolorida, me apoio nos cotovelos. Os infectados se aproximam, uma maratona de demônios. Sem buscar pelos outros, viro rápido e me arrasto debaixo do carro, sentindo as pedrinhas do chão roçando pela barriga nua. Quando uma mão agarra meu tornozelo, me livro sem dificuldade e rolo sob o carro adiante, traçando um percurso pelos próximos quatro veículos, os infectados cada vez mais próximos. De bruços, enxergo a correria desenfreada que preenche o estacionamento. Que droga! Quando parece que o pior aconteceu, algo novo vem e supera tudo. É como se Deus e o Diabo estivessem competindo pra ver quem ganha. E me escalaram para o jogo sem me consultar. Vão à mer...

– Tiago!

Daniela me chama, escondida sob um veículo.

– Onde estão eles? – pergunto, sendo obrigado a gritar devido à confusão.

No mesmo instante, tudo silencia. Nós nos entreolhamos, imóveis. O silêncio é total. Nenhum grito ou tiro. Nada. Tremendo nas bases, me arrasto cautelosamente e me ajoelho no asfalto. A cena é inacreditável.

Cada um dos infectados está parado, a expressão vaga, olhando pra lugar nenhum. Os olhos revirados se tornaram brancos, as veias estouradas à mostra. Não saem do lugar, apenas se movem sutilmente. Quase não dá pra notar. São como fantoches sem um guia. De suas bocas entreabertas, escorre a saliva espumosa misturada ao sangue. Parecem estar em algum insano exercício de relaxamento. Seus troncos balançam levemente, acompanhados por gemidos inaudíveis.

Avisto Lizzy no alto, em uma posição muito estranha. Encostada na parede do complexo, quatro metros acima, usa os pés para se apoiar contra uma das várias palmeiras que circundam a construção. Mantém a pistola empunhada, com mechas de seu cabelo loiro caídas sobre o rosto. Parece tão surpresa quanto eu.

Daniela sai de seu esconderijo, limpando os joelhos com as mãos. Tirando a franja dos olhos e a prendendo atrás da orelha, assiste à cena, estupefata. É visível seu nervosismo, as mãos trêmulas. Tenta dizer algo, mas tudo o que consegue é abrir a boca, muda.

– Ei!

A voz grossa quase me faz pular sobre o carro. Pooh vem em minha direção, andando calmamente, observando um infectado de perto, intrigado. Há uma submetralhadora em seu poder. Devia estar no jipe, escondida. Ou sob sua camisa. Não importa. O que importa são os inúmeros corpos caídos pelo caminho, baleados.

– Você foi mordido? – Daniela pergunta, nervosa.

– Não, embora tenha sido uma tarefa difícil evitar, já que fui cercado por essa cambada de malucos – diz ele, balançando o punho direito e abrindo e fechando os dedos, sujos de sangue. – Quebrei uma porrada de dentes no soco, mas não fui mordido.

Daniela suspira.

– Você é rápida – grita ele, se dirigindo a Lizzy.

– E você é um valentão – rebate ela, ainda no alto, numa careta de repreensão. – Falei pra você correr.

– O Pooh aqui não foge de brigas, benzinho. Você sabe disso. – Ele faz uma pose com a arma, despreocupado.

Daniela e eu nos encaramos. Ainda não conseguimos entender o que aconteceu. Por que eles permanecem parados? É como se estivessem em transe.

Um brilho chama minha atenção, vindo de uma das janelas do terceiro andar. Um vulto parado. Irreconhecível. Deve ser um deles, tão perdido quanto os demais. Esse lugar é como a Caixa de Pandora. Uma vez aberto, o mundo sucumbirá em total desgraça.

– Porra – pragueja Pooh, aplicando um tapa na própria testa. – Minha mochila!

Ele volta ao jipe tombado sobre um canteiro. O caminho é barrado por um aglomerado de infectados, impedindo a passagem. Faço sinal pra Daniela me seguir, ignorando Lizzy nos observando do alto.

– Não acredito que isso vá durar muito – falo, enquanto caminhamos lentamente até o corredor pelo qual viemos. – É melhor sairmos daqui antes que eles voltem a si.

– Ok! – Daniela concorda, sem olhar pra trás, ignorando o chamado de Lizzy.

De repente, sons de tiros são ouvidos, nos obrigando a olhar. Pooh descarrega uma saraivada contra os infectados que impedem que ele alcance o veículo. Enquanto vão caindo uns sobre os outros, em um monte de massa ensanguentado, os que ainda estavam em transe voltam a si. Vejo que é hora de correr no momento em que vão pra cima do grandalhão.

Refazemos o caminho pelo estreito corredor. Ouço grunhidos nos alcançando e olho de relance pra trás. Há muitos deles vindo. Daniela corre ofegante à frente. Devido ao ferimento na coxa, latejando, não consigo ser tão ágil. O sangue quente ajuda a doer menos, mas ainda assim é difícil lidar com a dor.

– Tiago, aqui!

Daniela entra pelo rombo na parede e voltamos ao laboratório por onde saímos. Abro lentamente a porta e vejo alguns infectados ainda ali dentro. Pego a mão de Daniela e corremos decididos até uma sala adiante. Batemos a porta e a trancamos. As pancadas contra a madeira vêm em seguida.

– O armário!

Ela aponta o alto móvel de metal à esquerda. Com sua ajuda, eu o empurro e bloqueio a entrada. Caio sentado contra o armário, passando as mãos do rosto aos cabelos. Minha respiração está bem descontrolada.

– E agora?

Daniela me encara com as mãos apoiadas sobre uma mesa à espera de uma solução. Há alguma?

– Uma arma viria bem a calhar... – resmunga Daniela. – Mas pelo jeito aqui só deve ter seringas.

Pegando uma injeção sobre a mesa, ela a atira violentamente contra a parede e cai em prantos. Sou péssimo pra consolar as pessoas, então fico na minha.

– Abigail estava armada. – Me lembro da emboscada. – E, se não me engano, os capangas dela também. Isso aqui tá parecendo bem mais do que um simples laboratório.

Daniela enxuga as lágrimas e me olha, interessada.

– Como assim?

– Bom, está mais do que claro que essa LAQUARTZ ou o quer que seja tem o apoio do exército. Provavelmente há armas aqui.

– E você quer vagar por um lugar que você nem conhece pra procurar uma possível arma que talvez nem exista? – Daniela me encara com uma expressão de deboche.

– Tem ideia melhor?

A verdade é que eu não sei o que fazer. Estamos num beco sem saída. Coloco o rosto entre os joelhos e penso. O ideal seria explodir esse lugar. Mas tudo que pudéssemos usar como provas em nosso favor se perderia. E explodir como? Minha cabeça já está indo longe demais.

Vários disparos me trazem de volta à realidade. Dani e eu nos olhamos ao perceber que o barulho vem da porta. Levantando-me, sinto a perna latejar. Arrasto o armário e olho pela fresta. Assisto Lizzy recuando, atirando contra alguns infectados que a seguem.

– Ei, aqui! – grito.

Olhando rapidamente pra trás, ela continua disparando.

– Saiam daí e me sigam. – Ela atira em uma mulher de macacão branco que surge berrando de uma sala.

Sem escolha, é o que fazemos.

– Tome. – Lizzy me oferece uma das pistolas. Pego-a sem hesitar. – Sabe atirar?

– Sei.

– Sigam por esse corredor e encontrarão uma porta vermelha.

Enquanto dá as coordenadas, continua derrubando os que vão surgindo no fim do corredor.

– Virem à direita dessa porta e contem mais cinco. Entrem nela e me esperem lá. Se encontrarem algum desses filhos da mãe no caminho...

– Não precisa nem mandar.

– Por que não vem também? – Daniela pergunta, quase chorando.

– Tenho que encontrar Ivan. Agora vão! – e recarrega a arma.

Assim que a deixamos e seguimos pelo caminho indicado, Lizzy derruba mais quatro. Os corredores são mais longos do que parecem, pois andamos um bocado. Por sorte, ela nos poupou trabalho, todos os infectados que encontramos estão mortos. Logo avistamos a tal porta vermelha, o aviso em grandes letras amarelas me desperta uma curiosidade repentina.

ENTRADA PROIBIDA

O que há nessa porta? Algo que poderia me ajudar a exterminar esses malditos, talvez? Seria bom demais. Uma ideia surge de súbito. Daniela percebe minha hesitação.

– O que foi? Vamos.

– Dani... – penso nas palavras certas para o momento. – Nos despedimos aqui.

– O quê? – noto em seus olhos o choque. – Como assim?

– Não vou permitir que essa praga se espalhe – grito. Fecho os punhos, determinado. – Estamos em uma indústria farmacêutica. Explodir, ou ao menos incendiar esse prédio, não será problema.

– Tiago, o que você está dizendo?

– Você tem duas escolhas. Confiar nessa gente e ir até a sala indicada, ou escalar aqueles muros e fugir daqui o mais rápido que conseguir. Vou destruir esse lugar, você estando nele ou não.

Tento não tremer, o sangue ferve. Daniela acredita em minhas palavras, pois se limita a me encarar fundo nos olhos.

– Não vou a lugar nenhum. – Em passos curtos, ela se aproxima, um sorriso choroso. – Estamos juntos nessa. Sempre. Diga qual o plano e eu te ajudo.

Por um instante, penso em recusar o sacrifício. Como eu, Daniela é determinada em sua decisão. Discutir apenas dará mais tempo para que os infectados escapem.

– Você tem certeza? É sua última chance.

– Não vamos perder tempo.

– Ok.

Com a cabeça aponto o aviso em amarelo. A porta é pesada, de um metal grosso. Tento empurrar, sem sucesso. Não há maçaneta, apenas um painel na lateral.

– Não vamos conseguir entrar – Daniela diz. – Precisaríamos de um cartão...

– Claro!

Enfio a mão no bolso, com medo de não o encontrar. Sorrio ao sentir o cartão magnético ainda presente.

– Onde conseguiu isso?

– Assim que capturei Abigail, lembra?

– Não.

Sem maiores explicações deslizo o cartão pelo fino vão no painel. O sinal indica que a porta está aberta. Empurro novamente e ela se abre lentamente. Ouvindo passos se aproximando, provavelmente Lizzy, nós entramos.

A câmara é pequena e emana uma luz alaranjada. As paredes são de concreto e não há nada exceto pela segunda porta, também de ferro, onde desponta uma válvula circular de chumbo. Tento girar, mas está emperrada. Peço para que Daniela me ajude. No momento em que ela encosta a porta e um clique é ouvido, a válvula cede. Não estava emperrada. O que impedia que fosse aberta era a outra porta aberta. Giro algumas vezes, tendo que empregar toda a força e a empurro. O rangido ecoa pela próxima câmara, menos iluminada. Filetes fluorescentes emitem uma fraca luz do alto, e um corredor escuro se estende. Receoso, me dirijo através do quase breu até uma luz piscando adiante. Ao me aproximar, descubro outro painel. O cartão serve mais uma vez e nos dá passagem a uma estreita escadaria.

– Tiago – Daniela tem o medo estampado no rosto. – Estou com um mau pressentimento.

– Vamos morrer de qualquer jeito, Dani.

Alguns segundos se arrastam enquanto sustentamos o pavor no olhar. Ela pega minha mão e aperta, sinal para continuarmos. O primeiro degrau é o mais difícil. O pressentimento ruim é mútuo. Descemos cautelosos após encostar a porta.

Ao fim do lance, chegamos a uma câmara enorme. A iluminação é precária. Lembra um galpão, com latões e caixas empilhadas. Daniela aguarda, abraçando o próprio peito, enquanto rosqueio a tampa de um latão e cheiro. É forte. Por sorte, também é inflamável.

– Dani, acha que consegue carregar dois desse lá pra cima?

Aproximando-se, ele tenta erguer pela alça, um gemido de esforço.

– Posso levar um.

Disfarço a irritação. Três seria ótimo. Quatro, melhor ainda.

Curioso, vou até uma das caixas ver se há algo de útil. Paro assim que me acostumo com a escuridão e avisto um contêiner aos fundos. Uma caldeira, talvez? Seria ótimo. O prédio iria pelos ares em um instante. Deixo Daniela tentando erguer o latão e sigo em frente, a cada passo sentindo a morte se aproximar. É uma decisão difícil escolher morrer por um bem maior. A cada passo vejo minha vida como um filme. O gênero que mais se encaixa é o terror. Terror esse que nunca imaginei ser possível existir. Por Deus, ele está próximo dos créditos. E, se tiver sucesso em meu intento, não haverá continuação.

Uma trava mantém a porta fechada. Há um vão na lateral, porém não enxergo nada em seu interior. O breu é total. Com as mãos suando, eu a destravo. A porta treme ao abrir. Um gemido baixo vem da escuridão. Olho pra trás, onde Dani arrasta o latão. Sem forças, suas mãos fraquejam, e ela o deixa cair. O barulho ecoa por toda parte. Assim que ouço algo se aproximar, me arrependo de ter dado as costas para o contêiner. O gemido se transforma em um berro abafado e ele surge das sombras.

– Tiago, cuidado!

Antes que eu possa acreditar no que vejo, a pancada me pega em cheio no peito. Dói mais do que qualquer outra pancada que lembro ter tomado.

A figura deve ter sido esculpida pelas mãos do demônio. Um homem de quase dois metros. O pior não é a altura, e sim o que ele "veste". Placas metálicas envolvem praticamente todo seu corpo, se separando nas juntas, e permitindo que ele se mova quase normalmente. Uma máscara de ferro protege sua cabeça, apenas um orifício em sua boca, o sangue escorrendo dos lábios. O pouco que é revelado de sua pele entrega hematomas e cortes profundos. Entendo o motivo da dor em meu peito, onde vários cortes sangram. Seus punhos e antebraços, os únicos membros à vista, estão envoltos em arame farpado e sangue seco. Uma figura surreal.

O choro de Daniela parece irritá-lo. A máscara vai de um lado a outro, procurando. Não pode me ver aos seus pés, quase gritando de dor. Botas de couro pesadas e encardidas pisam com força ao redor, por pouco não esmagando meu pé. Arrasto-me e faço sinal para que Daniela se cale. Noto que há arame farpado ao redor de quase todas as placas, impedindo um ataque direto. Quem é louco pra atacar essa coisa?

Pressiono o peito e o sinto arder. Cerro os dentes, reprimindo o lamento, e continuo o duro arrastar. Com o apoio de Daniela, me levanto, sentindo o cheiro do líquido derramado. Não sei exatamente o que é, mas sinto que serve. Rolo o latão e pego a pistola, caída. Pego de surpresa, nem pensei em atirar.

– Dani – sussurro o mais baixo que consigo enquanto agarro a alça de outro barril. – Me ajuda a levar isso pra cima. Vamos explodir esse aqui mesmo.

– Ele vai nos ouvir!

– É um risco. O que não posso arriscar é que o fogo não alcance o mais importante. – E indico a porta no alto. – Vamos.

Distraídos, não percebemos que o estranho infectado percebeu nossa localização e corre em nossa direção, seu braços dançam loucamente. Daniela desvia, mas é golpeada nas costas, caindo sobre uma pilha de caixas. O barulho o deixa mais furioso. Gritos bestiais escapam pelo orifício, e os punhos, cerrados sob a luva de couro, vêm em outro golpe que passa deslizando pelo meu rosto. Pulo sobre o latão e ele vem atrás, se atrapalhando e caindo.

Percebo uma grossa coleira em seu pescoço. Dela, pende uma corrente arrebentada. O improviso vem num estalo.

– Dani, segura – arremesso a pistola.

Com um empurrão, derrubo um barril e o empurro com o pé. Rolando sobre a corrente, ele impede que o maldito levante. Rapidamente vou até ele, as mãos tremendo sobre sua cabeça.

– Assim que eu puxar a máscara você atira, ok?

A resposta vem num aceno amedrontado. Seguro firme nas laterais da sinistra máscara e, num ímpeto, puxo com força. Ouço Daniela engatilhar a pistola e, instantaneamente, grito.

– Não atira!

A fim de protegê-lo, bloqueio o caminho com o corpo.

– Tiago, você tá doido?

Ignoro-a, ainda vislumbrando aqueles olhos assassinos. Há inúmeras escoriações por todo o rosto e um corte do lábio superior até o olho esquerdo. Parece respirar profundamente, em vez de gritos um rosnado. Sinto seu desejo de me matar.

– Qual o problema?

– Não pode...

– Não pode o quê? O que há de errado com você, Tiago?

Em mais um ato de burrice, dou as costas ao infectado.

– É o meu pai, Dani... é o meu...

O silêncio só não é maior, pois meu pai insiste nos rosnados. Após muito tempo lutando, sinto as lágrimas descerem. O que fizeram com você?

– Tiago, não é...

– É sim! – grito novamente. – É sim. Transformaram meu pai em um monstro.

Sinto as pernas fraquejarem.

– Por quê?

Daniela mantém a arma engatilhada. Sei o que ela está pensando. Não acredita no que digo, acha que pirei. E, mesmo que tenha sido meu pai, agora é só mais um infectado. Um assassino.

Ouço a corrente desprender. Não me abalo. Continuo entregue ao choque, mesmo após ser golpeado novamente no braço. O disparo vem em seguida. Num relance, vejo faíscas saindo do metal em seu peito e ouço a bala ricochetear. Daniela atira novamente, mas erra de longe. O infectado investe contra a garota, completamente assustada. Ela tenta se levantar e correr, mas cai novamente. Evitando o golpe no rosto, segura seus braços, cortando as mãos no arame e gritando de dor.

– Me ajuda!

Por um momento, penso em me entregar e deixar que a morte acabe com a dor, mas não cheguei tão longe pra desistir. Há centenas de infectados me esperando lá em cima. Como se recebesse uma injeção de adrenalina, me levanto num pulo e avisto a pistola caída. Mancando, miro na nuca de meu pai. Penso em pedir desculpa, mas apenas atiro.

O corpo metálico caindo é a última coisa que vejo antes de sentir a cabeça girar. Depois, não sinto mais nada.

Capítulo 22

VÍRUS INSTALADO.

TARDE DEMAIS?

V**agando por entre as árvores altas e densas** à beira do rio, me mantenho fora da visão dos assassinos. Finalmente alcanço a rua principal. O cenário de destruição se repete, corpos e sangue por toda parte. Carros batidos, casas em chamas.

Uma mulher surge detrás de uma casa, gritando pela rua, perseguida por dois homens, com roupas rasgadas expondo feridas pelo corpo. Emitem um som assustador enquanto tentam alcançá-la. Logo conseguem. Jogando-a no chão, atacam como animais selvagens. Assisto horrorizado um deles dilacerar seu pescoço a dentadas e calar os seus pedidos de ajuda. Ela ainda esperneia um pouco, mas para quando o outro lhe mastiga um dos seios, por cima da blusa.

Uma voz infantil ecoa da casa de onde ela saiu.

– Mamãe!

Olho ao redor, mas não vejo ninguém. Quando um deles dá uma parada na "refeição" e olha pra trás, eu entendo de onde vem o som. Ele entra na residência aos berros. Engulo seco ao som dos gritos de agonia da criança. Definitivamente, o inferno tomou conta do lugar.

Caminhando pelas ruas desertas, tento ficar o mais oculto possível atrás de carros, árvores, muros. Preciso encontrar um local seguro, mas à medida que avanço, começo a duvidar que ele exista. Meu intuito era chegar à delegacia, mas as ruas que levam até ela estão tomadas por pessoas ensandecidas. Os cadáveres pelo caminho vão formando uma trilha que não parece ter fim. O cheiro de morte se choca contra minhas narinas, fazendo meu estômago revirar. É tudo tão nojento e tão louco que é quase inacreditável, um pesadelo real.

Um cão sai de um beco, ganindo de medo, perseguido por um garoto nos seus dez anos de idade, no máximo. Por alguma razão, o infeliz decide olhar em minha direção, e muda o percurso. Choco-me contra uma grade atrás de mim e, no momento em que ele avança, desvio e corro.

Procurando por algum muro baixo que eu possa subir, nem percebo uma mulher surgir na esquina e entrar em minha frente. Capoto sobre ela e caímos no asfalto. Tento fugir, mas ela é forte e me puxa de volta pelo braço. Consigo afastar seu rosto com uma das mãos espalmada quando ela investe, a boca aberta. Com a outra, empurro seu ombro, mas ela me pega pela camisa e a rasga com um puxão.

Por sobre seu ombro vejo o menino se aproximando. Ele é muito rápido. Dois quarteirões adiante, mais um grupo de pessoas corre. Se eu não me livrar dela agora, vai ser difícil enfrentá-los.

De repente, vejo um senhor sair de uma das casas com um facão em punho, ele corre em direção ao garoto. Quando o pequeno o vê, muda mais uma vez o alvo, mas é atingido em cheio no crânio pela lâmina. Sua cabeça praticamente parte ao meio, o corpo pequeno tombando no meio-fio.

Diante da cena, me descuido por um segundo de minha agressora, permitindo-lhe investir em minha direção, mas a afasto mais uma vez com as mãos. Em seguida, empurro-a com os pés, derrubando-a de costas na calçada. Nem bem ela levanta, sua cabeça é lançada contra a parede, espirrando sangue por toda parte. Quando seu corpo cai, agora inofensivo, encaro meu salvador.

– Eles estão chegando. – Estende a mão, velha, mas potente.

Sem emitir uma palavra, aceito e levanto, seguindo o velho. Entramos em sua casa, uma construção antiga.

– Ainda bem que te vi correndo, garoto. Se aquele demoniozinho tivesse te alcançado... – e solta uma risada baixa e nervosa.

Sento-me em um grande sofá marrom no meio da sala e olho pra baixo, normalizando aos poucos minha respiração. Minhas mãos estão trêmulas. Também, pudera. Se esse homem não tivesse aparecido, minha morte teria sido dolorosa.

– Que diabo foi aquilo lá fora? – Consigo perguntar, sem tirar os olhos do chão.

O velho vai até a cozinha, onde posso vê-lo mexer em um armário.

– Eu estava saindo com minha velha da igreja quando vimos uma confusão na quadra debaixo. Achamos que fosse uma briga, mas quando eles caíram no chão uns sobre os outros e os gritos começaram, percebi que era bem mais sério. Assim que o grupo de curiosos aumentou a nossa volta, os envolvidos na tal briga vieram em nossa direção. Rápidos como demônios. Algumas pessoas recuaram, mas outras permaneceram imóveis. A curiosidade era maior.

Enquanto narra o acontecido, ele prepara um chá, tremendo. A situação não é própria para acalmar os nervos.

– Decidi tirar minha velha dali. Ela pressentia quando coisas ruins estavam prestes a acontecer, e essa foi uma das vezes. A última. – Se cala por um momento, fitando a fumaça saindo do bule. Depois, limpando a testa com um lenço, continua. – Ainda caminhávamos em direção ao carro quando ouvimos mais gritos. As pessoas começaram a pedir socorro, correr, cair, atacar umas as outras. Apressamos o passo e alcançamos nosso carro. Assim que entrei, abri a porta do carona pra minha velha, mas um homem a agarrou. O sangue espirrou no vidro enquanto ele a puxava, com os dentes cravados em seu ombro.

Uma longa pausa. Um silêncio lúgubre. Tira o bule do fogo e pega duas xícaras na prateleira.

– Tentei ajudá-la, mas era tarde. Um carro os atingiu. Vi seu corpo rolar e se chocar contra a guia. Corri até ela e descobri que ela ainda respirava.

A história me corta o coração. Penso em minha família, uma vontade enorme de chorar.

– Ela tentou dizer algo, mas estava engasgada com o sangue. Num último suspiro, me mandou sair dali. Assim que entrei no carro a vi se levantando. Ela estava viva. De alguma forma, antes de morrer, encontrou forças para se erguer. Minhas esperanças morreram quando ela se jogou contra o para-brisa, gritando como um animal. Aquela não era minha velha. Num arranque, pisei fundo e ela rolou sobre o capô.

Após servir o chá, vai até o armário e abre um pacote de bolachas de água e sal. Depositando-as uma a uma em um prato com estampas floridas, continua.

– Quando cheguei, tentei alertar os vizinhos, mas eles já pareciam saber o que estava acontecendo. Sequer abriram a porta. Vim pra cá e me tranquei. Pela janela, vi pessoas serem mordidas e se tornarem tão loucas quanto seus algozes. Parecia uma doença contagiosa. Na rádio local, orientaram para que permanecêssemos em casa, que não tentássemos sair da cidade, pois havia um esquadrão do exército atirando em tudo que se aproximasse. Tudo e todos. A cidade parecia tomada pelo diabo. O pior é que ninguém sabia o que, de fato, estava acontecendo. E, até o momento, sei tanto quanto você, meu rapaz.

Aproximando-se, entrega a xícara quente, deixando as bolachas sobre a mesa de centro. Sentando-se na poltrona, sorri.

– E você? Qual é sua história?

Dou uma curta golada no chá e o encaro. Contando como cheguei ali, evito que ele perceba a mordida em minha mão.

– LC, precisamos de reforços. – A voz grossa de Pooh é o primeiro som que ouço assim que recobro a consciência.

Levanto-me apoiado nos braços, sentindo a cabeça dolorida. Daniela me observa, preocupada. Lizzy está sentada em uma mesa à frente. Ao me ver despertar, vem até mim.

– Você está bem, garoto?

– Não – os ferimentos provocados pelo arame farpado ardem muito.

– Cara, isso aqui tá ferrado! – grita Pooh em um *walk-talk*. – Você não vai acreditar!

– Quanto tempo fiquei desacordado?

– Muito tempo – ela responde, os olhos fixos nos meus.

– O que aconteceu?

– Sua amiga pediu ajuda para te trazer pra cima. Não deviam ter descido lá.

Lembro-me repentinamente do ocorrido e levanto num pulo. Sinto-me zonzo.

– Daniela contou o que aconteceu. Você foi muito corajoso, Tiago.

Afundo o rosto nas mãos e respiro fundo. Não consigo acreditar no que fizeram com meu pai. O homem intocável que Willian Rodrigues sempre se mostrou morrera e dera lugar a uma marionete. Por quê? Tento esquecer a imagem, e tenho certeza de que nunca conseguirei.

Em minha mão direita vejo a cicatriz que a mordida daquele dia me deixou. O velho que me ajudou está morto, justamente por ela. Espero que me perdoe, onde quer que esteja.

– Meu nome é Elizabeth. – A loira se apresenta, deixando de ser apenas Lizzy, e aponta para Pooh, que permanece no telefone. – Ele é Ivan.

– Eles estão aí fora? – pergunto, apontando para a porta e ignorando a apresentação. – Os infectados.

– Quando chegamos aqui, muitos ainda nos seguiam. Nos cercaram, mas já faz algum tempo. Os barulhos pararam – responde ela.

– Bom, então a gente precisa dar um jeito de prendê-los aqui dentro, ou matá-los, sei lá. – Levanto-me, sentindo o corpo pesado. – E os latões? Por que não cumpriu com o combinado, Daniela?

Ela abaixa a cabeça, desviando o olhar, enquanto pressiona um pedaço de pano contra os cortes na pele.

– Nem quer saber quem somos? – pergunta ela, num ar intrigado.

– Moça... Elizabeth. – Encaro-a nos olhos. – A única coisa que me importa agora é evitar que eles escapem. O resto eu vejo depois.

Ela aceita o argumento inexpressiva e devolve o olhar. Então vira para o parceiro, que parece ter terminado a conversa no aparelho.

– Já chamei reforços – explica Ivan. – Mas perdi a frequência. Ou melhor, acho que ele desligou na minha cara. Victor não gostou muito das *novidades*.

– Não temos culpa – dispara Lizzy. – Você contou sobre os dois?

– Achei melhor conversar pessoalmente. – Ele prende o *walk-talk* na cintura e saca a submetralhadora.

Lizzy volta à mesa e se senta. Pooh recarrega a arma concentrado. Dani e eu mantemos um contato mudo, apenas com o olhar. Um olhar apreensivo, com medo do que possa acontecer daqui pra frente. A sensação de não estarmos mais sozinhos é reconfortante, mas ainda não há lugar para esperanças.

– A gente vai ficar esperando aqui? – questiono. A tensão está me matando. – Se Daniela contou sobre o estrago que fizeram no interior, vocês devem saber que será o fim se isso se espalhar em São Paulo.

– O que propõe, valentão? – debocha Pooh, engatilhando a arma.

– Eu não sei quem são vocês, mas vi o que podem fazer. Se ainda estão vivos, então podem matá-los antes que escapem. Precisamos prendê-los. Se vocês não fizerem nada, eu faço – digo, me dirigindo à porta, girando a chave.

A dupla se encara por um instante.

– Ok! – Pooh me acompanha. – Mas eu vou na frente.

Tomando a dianteira, ele sai pelo corredor. Lizzy vai por último, nos cobrindo. Tudo está muito quieto. Será que entraram naquele transe de novo?

Um gemido nos deixa alerta. Pooh sinaliza para fazermos silêncio. Um vulto passa correndo no fim do corredor.

– Se quer trazê-los pra dentro, Tiago... – Lizzy me lança um olhar decidido. – Melhor sermos rápidos.

Vagando pelo complexo que parecem não ter fim, não encontramos um infectado sequer. Apenas papéis espalhados, corpos mutilados e muito sangue. O aparelho de Pooh apita alto, assustando a mim e a Daniela.

– Pronto!

– Pooh, já estamos aqui fora. Conseguem vir? – Uma voz masculina fala.

– Acho que sim, LC. Como está a situação?

– Bom, cara. – Uma pausa. – *Aqui* está bem calmo.

A ênfase no "*aqui*" não me agrada.

– Pode vir sem medo. Não tô vendo ninguém.

– Ok – Pooh desliga.

Sem mais, retomamos o percurso. Chegamos à recepção um minuto depois, a desordem toma conta. A porta de vidro da frente se encontra arrebentada. Cacos ensanguentados tomam conta do chão. Pooh ajuda Daniela a atravessar, seus pés ainda descalços.

Deixando a recepção, descubro que é fim de tarde. Não há absolutamente ninguém no pátio. Olhando adiante, sinto meu coração ser esmagado por uma mão de aço. A grade foi derrubada. Eles conseguiram sair.

Uma van preta nos aguarda parada no pátio. O motorista, um rapaz jovem de cavanhaque e com discretas entradas no cabelo loiro, mantém os olhos arregalados, observando ao redor. No outro banco, uma mulata com cabelo *canecalon* amarrado em uma trança nos encara, curiosa.

– Vocês não mencionaram companhia – dispara o motorista, a desconfiança em seus olhos azuis.

– Está tudo bem, LC – avisa Elizabeth, com uma piscadela.

Na parte de trás do veículo Pooh abre a porta, revelando mais quatro pessoas. Um rapaz com um Pastor Alemão aos pés, um quarentão vestindo terno social, uma garota ruiva linda, segurando o que parece ser um bebê envolto em uma manta, e um homem negro, tão grande quanto Pooh.

Gostaria de sorrir, cumprimentá-los, mas a imagem ao longe é aterradora.

Helicópteros sobrevoam a grande São Paulo em meio à fumaça. A destruição começou a se espalhar. Não ouço nada à minha volta. Sei que falam comigo, mas é como se vozes soassem no fundo de minha mente, sem conseguir me trazer de volta à realidade. As pessoas ficam turvas, o mundo perde a nitidez. Preciso me esforçar para não desmaiar. Daniela segura a minha mão, entrelaçando os dedos. Está tão nervosa quanto eu, e começa a chorar descontroladamente. Sem conseguir retribuir o afeto ou dizer palavras de consolo, vejo uma explosão muda no alto de um prédio.

Não há som, mas consigo sentir.

Sentir as esperanças morrerem.

Nós fracassamos.

Ao menos estamos vivos.

Mas não é o bastante.

Vai começar tudo de novo.

"Os dias são outros.
Os dias estão mortos.
Asfalto se tornou sangue.
Ar virou carniça.
Sorrisos foram extintos.
A Dona Morte dança pelas ruas.
Devasta. Sucumbe. Rouba vidas.
A esperança morreu.

Os dias continuam os mesmos.
Os dias estão mortos."

Este livro foi impresso em Papel Pólen Bold
na